Christina Kupczak

Schafsträume

Christina Kupczak

Schafsträume

Ein ökumenisches Märchen

Fromm Verlag

Imprint
Any brand names and product names mentioned in this book are subject to trademark, brand or patent protection and are trademarks or registered trademarks of their respective holders. The use of brand names, product names, common names, trade names, product descriptions etc. even without a particular marking in this work is in no way to be construed to mean that such names may be regarded as unrestricted in respect of trademark and brand protection legislation and could thus be used by anyone.

Cover image: Vom Autor bereitgestellt

Publisher:
Fromm Verlag
is a trademark of
International Book Market Service Ltd., member of OmniScriptum Publishing Group
17 Meldrum Street, Beau Bassin 71504, Mauritius

Printed at: see last page
ISBN: 978-613-8-35139-9

Christina Kupczak

SCHAFSTRÄUME

Ein ökumenisches Märchen
mit Zeichnungen der Autorin

Für die Unverzagten

Inhalt

Dank

Mein Dank gilt „*Herrn Ludwig*“, Dr. Lutz Riehl, für seine Begleitung, Lektorat und Ermunterung.

ABEND

Es war wie ein leichtes Trommeln, das immer stärker anschwoll, immer näher kam. Trommeln – hier, in einem öden Gewerbegebiet weit außerhalb der Hauptstadt? Hinter den klotzigen und hässlichen Bauten erstreckte sich bis zum Horizont eine weite Fläche mit kargem Grasbewuchs – eine ungepflegte Landschaft. Wer sollte hier trommeln? Doch deutlich verstärkte sich das Geräusch, und am Horizont vor der untergehenden Sonne machte sich eine niedrige Staubwolke breit. Diese näherte sich sehr langsam, bis die ersten wollenen Körper sichtbar wurden.
Ja, geschätzter Leser, es handelte sich um eine Schafsherde, deren gleichförmiges Hufgetrappel an Trommeln erinnerte. Oh pardon, ich möchte natürlich auch die Damen nicht ignorieren und verbessere mich ausdrücklich: *Geschätzte Leserinnen*. Schließlich tritt in dieser Geschichte vorwiegend das weibliche Geschlecht auf, wie wir noch erfahren werden. Die Staubwolke, mit den sich eng aneinander bewegenden Körpern kam näher und näher. Ein Schäfer öffnete die Gattertür, und wie ein breiter Wasserstrom ergoss sich die grauweiße Masse in die Absperrung. Dort kamen die Schafe zur Ruhe.
Halt, nein! Natürlich war ausgiebig dieses nervende *Mäh, mäh* zu hören. Gibt es einen dümmeren Tierlaut? Hunde bellen, Katzen miauen, Pferde wiehern, Vögel zwitschern. Aber Schafe? Nahezu unerträglich ist dieses erzdumme *Mäh, mäh*. Besonders intelligent sehen die Tiergesichter auch nicht aus: dumpf, verstockt, einfach blöde ist so ein Schafsgesicht. *Schafsdumm* heißt es auch, und als *Schafsnaturen* bezeichnet man die Menschen, die einfach zu doof sind, um sich zu wehren. Und: *Schafsgesichter* gibt es selbstverständlich nur bei Frauen. Das Schaf ist in der Vorstellung des Volkes weiblich, obwohl es doch auch Böcke gibt.
Und nun zu unserem Thema: In welcher Religion spielen die Schafe eine Rolle? – Nur in der christlichen Religion. Ist das nicht empörend? Die Römer verehrten den steil aufsteigenden Adler, er ist ein Symbol von Kraft und Macht, von Herrscherwillen. Oder der Löwe, er wird als göttliches Tier auf der indischen Fahne gezeigt, auf dem Ashokathron. Selbst Bären gelten als Hoheitssymbole und sind in vielen Wappen zu finden; in Bern, Berlin und Madrid.
Doch wir verzetteln uns, zurück zu unserem Thema. Im Christentum ist jedoch das Symbol ein Schaf oder Lamm, ein völlig wehrloses Tier und dumm obendrein. Jesus hatte schon sehr komische Lieblingstiere. Vorneweg das

Schaf, das sich verirrt oder zur Schlachtbank geführt wird, dann der Sperling, die Taube, der Esel – ausgerechnet – und der schreiende Hahn. Irgendwie peinlich. Lag es daran, dass Jesus ein Dörfler war? Wir können es nicht ändern: das Schaf, oder Lamm, ist *das* christliche Symboltier.
Nun also, da liegen sie, die unschuldigen Schafe in ihrem Pferch. Manche hatten noch ihren Durst an der Tränke gestillt, die Lämmer versammelten sich um die Muttertiere. Viele lagen apathisch auf dem Boden und erholten sich von einem heißen Tag.
Wirklich! Was ist attraktiv an diesen immer leicht doof wirkenden Viechern?
Aber: Große Komponisten haben sie verewigt. Händel vertonte im *Messias „Er weidet seine Herde"*, und, man muss zugeben genial in Musik übersetzt:*„Der Herde gleich, dem Hirten fern, so irrten wir verstreut."* Da hört man richtig das Schafsgetrappel. Was eben auch ärgerlich ist, dieser ständige Vergleich zwischen Schaf und Mensch, sozusagen üblich in der christlichen Tradition. Einer der berühmtesten Psalmen beginnt auch damit: *Der Herr ist mein Hirte, mir wird nichts mangeln, er führt mich auf grüner Au"* (Psalm 23) – am Schluss fehlt mir immer ein ausgiebiges *Mäh, mäh!* Also ehrlich, ich habe schon Probleme mit diesen Vergleichen. Verhalten sich Menschen wie Schafe? Aber irgendetwas muss dran sein, denn dieses Bild ist gut dreitausend Jahre alt.
Nun, da lagen sie in der Abenddämmerung, unsere tierischen Abbilder, geduldig, apathisch und im Ausdruck stumpf. Nur einige hoben den Kopf, genossen den leichten Abendwind. Über ihnen trat immer deutlicher das Sternenzelt hervor, doch dahin schauen Tiere nicht, Schafe schon gar nicht. Nur Menschen schauen fasziniert in den Sternenhimmel. Es heißt, dies wäre der Anfang von Religion gewesen. – Da! Ein altes Schaf dreht den Kopf zu uns! Hat es vielleicht doch etwas verstanden? Vielleicht kann es doch ein bisschen denken. Dann legt es den Kopf auf die Beine und schließt die Augen. Vielleicht gibt es Schafsträume?
Und nun, geneigte Leser und Leserinnen, folgen Sie mir zum eigentlichen Ort der Handlung.

I. DIE BOTSCHAFT

Die kleine Grünanlage vor dem Stadion war ziemlich heruntergekommen. Seit Wochen diese Hitze, und kein Regen in Sicht. In der Mittagsglut hatten sich die Anwohner in ihre Häuser zurückgezogen.

Nur ein Obdachloser saß mit einer Rotweinflasche auf der Bank unter der großen Linde. Unweit von ihm eine imposante Matrone, wohl Italienerin, mit tief schwarzen Haaren. Nicht weit weg davon, auf einer zweiten Bank, residierte eine Blondine, sie hatte den schweren Zopf malerisch um den Kopf gelegt, ihr Gesicht war mit zu viel Schminke zurecht gemacht. Das Kleid wirkte folkloristisch, in weiß-blau-rot, und ein wenig zu viel Schmuck hing an ihr herum. Unwillkürlich musste man an einen Weihnachtsbaum denken. Knallrote Stöckelschuhe und im gleichen Ton angemalte Fingernägel vervollständigten die etwas aufdringliche Aufmachung. Beide Frauen durften so Mitte Sechzig sein, versuchten durch gefärbte Haare, Make-up und teure Kleidung jünger auszusehen. Die Schwarze wirkte ein bisschen dezenter, obwohl das schwarze Spitzenkleid etwas aus der Mode schien. Die Blondbezopfte kontrollierte mit gelangweiltem Gesichtsausdruck ihre blutroten Fingernägel, während die italienische Matrone mithilfe eines Taschenspiegels die Lippen nachzog.

Aus dem Stadion erklang ein mit Inbrunst vorgetragener Gesang: *Wir wollen aufstehn, aufeinander zugehn, voneinander lernen, miteinander umzugehn.* Die schwarze Matrone seufzte tief auf, rollte die Augen, zog die Lippen ein, damit sich der Lippenstift gut verteilte und klappte den Taschenspiegel zusammen. Der Obdachlose erwachte, schaute schläfrig um sich und neigte sich der fülligen Dame zu: „Ham Se mal nen Euro?"

Diese blickte gelangweilt auf, zückte ihre Geldbörse und reichte ihm mit spitzen Fingern einen Euro.

„Danke, Ma'am!", war die Antwort. Dann packte der Zerlumpte die Rotweinflasche und schlurfte davon.

Kannten sich die Blonde und die Schwarze? Es schien so, denn kurz trafen sich ihre Blicke, es folgte ein knappes Nicken, dann setzte die

Blonde eine große Sonnenbrille auf und signalisierte: *Kein Gespräch, lass mich in Ruhe!*
Der Gesang aus dem Stadion schwoll immer stärker an. Da! Plötzlich ein Aufschrei. Die Stadiontür flog auf, und eine junge Frau stürzte heraus, ein Wurfgeschoss flog hinterher, knapp an ihrem Kopf vorbei, und landete vor ihren Füßen. Offensichtlich war es ihr Rucksack. Dann folgte in hohem Bogen ein Plakat, das durch den Sand rutschte. Die Frau drehte sich in Richtung der Stadiontür und schrie mit überschnappender Stimme: „JESUS IS THE LORD!" Mit einem Krachen wurde die Tür zugeworfen, anscheinend war man an dieser Bekundung nicht interessiert. Die Hinausgeschmissene ordnete die langen Haare, band sie energisch zu einem Pferdeschwanz zusammen, zog das bunte Sommerkleid zurecht und hob mit trotzigem Gesichtsausdruck den Rucksack auf. Währenddessen waren zwei weitere Frauen auf sie zugtreten und versuchten, ihr behilflich zu sein.
„Lasst mich in Ruhe!", zischte die Junge zu den beiden Vierzigjährigen, „Mit euch will ich nichts zu tun haben! Feige seid ihr, habt den HERRN verraten!"
„Mit diesen kindischen Protestaktionen hast du nur Ärger", erwiderte die eine hochgewachsene Vierzigerin. Sie wirkte wie eine Bankerin, dunkles Kostüm, weiße Bluse, alles aus edlen Materialien angefertigt. Dazu passten die sehr kurz geschnittenen Haare, schon fast ein Herrenschnitt, die dezenten Ohrstecker und die teure Armbanduhr, die sichtbar wurde, als sie das Plakat aufhob. Sie drehte es um, und darauf war zu lesen: JESUS IST DER HERR, FOLGT IHM NACH! GOTT LEBT!
„Damit lockst du doch keinen Hund hinter dem Ofen vor", murmelte die distinguiert wirkende, kühle Dame.
„Und was ist deine Alternative?", war die wütende Entgegnung der Hinausgeschmissenen, „Helvetia Hundertmark, der Glaube an Jesus Christus ist kein Geschäft sondern Leidenschaft!"
Beschwichtigend versuchte nun die zweite einzugreifen. Sie wirkte sehr intellektuell, etwas fad zugegeben. Der graue Hosenanzug mit dem violetten Schal und die streng zurückgekämmten und aufgesteckten Haare hatten etwas Altjüngferliches, eine schwere Brille gab ihr einen professoralen Ausdruck.
„Meine Liebe, die Zeit für Protestplakate und laut heraus geschriene Bekenntnisse ist endgültig vorbei.", ermahnte sie belehrend, „Was hast du damit gewonnen? – Nur Frustration, ja Demütigung. Musst du dir das antun?"
„Marta Gottstreu", schnaubte die Junge, „hör auf, mich ständig zu belehren. Deine staubtrockene Verkündigung des Evangeliums hat uns erst auf den

Plan gebracht. Immerhin sind wir die einzige christliche Kirche, die Zuwachs vorweisen kann. Ihr beide habt ausgedient, den Anschluss an die heutige Welt habt ihr verpasst mit eurer Vernünftelei, dem ganzen historisch-kritischen Larifari, das aus Jesus eine Art Sozialarbeiter gemacht hat.“ Erregt und laut rief sie in Richtung der beiden Matronen: „ER ist der HERR!“
„Jaja“, knurrte die Elegante, „und deshalb hat man dich aus der Sunday Assembly rausgeschmissen.“
„Immerhin können *die* inzwischen ein Stadion füllen, und wie sieht es in den Kirchen aus? Gähnende Leere, immer dieselben Leute, ein Durchschnittsalter von Mitte Sechzig.“
„Stimmt leider“, gab Marta Gottstreu zu, „die Atheisten, Humanisten sind auf dem Vormarsch. Womöglich werden sie uns überholen.“
„Nicht nur die Protestanten, auch die Calvinisten“, gab Helvetia zu.
Die Junge schnappte sich das Plakat, hielt es ekstatisch in die Höhe und rief: „JESUS IS THE LORD! – Ja, dabei bleibt es! Lieber nehme ich das Martyrium auf mich, als das ich so vertrockne wie ihr.“
„Fahr mal runter, Daisy!“, sagte die Intellektuelle kühl, „eure Shows sind für naive Gemüter, zu viele Worthülsen, zu viel Blabla. Ewig dieses Gerede. Ach, wir sind in einer Sackgasse, das muss ich zugeben.“ Dann deutete sie auf die Blonde und die schwarze Matrone, die immer noch auf getrennten Bänken saßen: „Das beherrschen *die* viel besser.“
„Brimborium, Hokuspokus!“, schrie Daisy Lovecraft, „Alles aus der Zeit gefallen. Peinlich, diese Hüte und Stäbe, diese Spitzenkleidchen und lila Gewänder, Weihrauch und Rosenkränze! Glaubt ihr, das hat Zukunft?“
Marta Gottstreu wiegte den Kopf hin und her: „Immerhin halten *die* schon zweitausend Jahre durch. Wir gerade mal fünfhundert, und du, liebe Daisy, hast noch nicht mal hundert Jahre geschafft.“
„Pah!“, rief Daisy zornig, während alle drei auf die schwarze Matrone zugingen. Diese hatte die ganze Szene fast gelangweilt beobachtet, entnahm bewusst affektiert eine Zigarette aus einem flachen, silbernen Etui und zündete sie genüsslich an. Dann atmete sie tief ein, stieß den Rauch durch die Nase aus und legte den Kopf in den Nacken. Spöttisch, mit arrogantem Gesichtsausdruck erwartete sie die drei.
Marta, Helvetia und Daisy bauten sich schweigend vor ihr auf, bis Marta Gottstreu das Wort ergriff.
„Roma, was meinst du? Die Zeiten, in denen wir uns bekriegt haben, sind nun endgültig vorbei. Was haben wir den Sunday Assemblys entgegenzusetzen?“

Roma lächelte überlegen und meinte dezidiert: „Nicht ohne meine Schwester!“, während sie mit ausgetreckter Hand auf die Blondine auf der Nachbarbank deutete. Die hatte von all dem keine Notiz genommen, sich hinter ihrer Sonnenbrille versteckt und wippte leicht mit dem Fuß. Über Ohrstöpsel hörte sie Musik. Ein missachtender Blick von Helvetia Hundertmark traf sie. *Muss man sich so aufdringlich herausputzen, in diesem Alter? Und die schreienden Farben, die Klunker, diese Ohrringe und Armbänder – eben typisch osteuropäisch.*
Als die Knallbunte nicht reagierte, stand Roma kurzerhand auf, ging zu ihr hinüber und zog das Kopfhörerkabel aus dem Smartphone. Die Blondine schrak auf, suchte nach dem Kabel, ergriff dabei Romas Hand und schrie auf. Dann riss sie sich die Brille von der Nase und fauchte giftig: „Roma Aeterna, hör auf, mich ständig zu bevormunden und in meine Persönlichkeitsrechte einzugreifen! Wir sind gleich alt, vergiss das nicht! Und tu nicht immer so, als wärst du die Nummer eins!“
Roma Aeterna zeigte wieder ihr gelangweiltes und arrogantes Lächeln und setzte sich neben die Wütende. Dabei rückte sie ihr Diamantenarmband zurecht und kontrollierte die dezenten Brillantohrringe, richtete den Blick auf die drei und belehrte diese: „Auch wenn wir uns seit tausend Jahren zanken: nicht ohne meine Schwester Ludmilla Bogumilova. Zugegeben, sie ist anstrengend, lebt mehr in der Vergangenheit als im Heute, aber in Russland hat sie wieder einen starken Auftritt. Ich weiß, Daisy, du reklamierst immer die christlichen Zuwachsraten für die Evangelikalen, aber die Orthodoxie hat die Russen zu siebzig Prozent wieder zurückgeholt – immerhin.“
„Chauvinisten, Nationalisten!“, fauchte Marta.
„Patrioten, Abendländer!“, konterte Ludmilla.
Roma Aeterna warf seufzend die Zigarette auf den Boden, trat sie mit einer Drehbewegung des eleganten Pumps aus und meinte dann, sich wieder aufrichtend, sehr kühl und sarkastisch: „Naja, die einzig polyglotte Kirche ist und bleibt die römische. Wir haben diesen Nationalkram von Anfang an überwunden, und deshalb“, sie deutete mit ihrem Zeigefinger, den ein dunkelrot lackierter Fingernagel zierte, „deshalb werden wir auch als das Oberhaupt der Christenheit angesehen. Wir sind Papst!“
Aufruhr, Empörung, Durcheinandergerede, ein regelrechter kleiner Tumult brach aus. Alle schrien durcheinander, als plötzlich aus vier Handtaschen und einem Rucksack die unterschiedlichsten Klingeltöne in einer ohrenbetäubenden Kakophonie erklangen. Schnell griffen alle in ihre Taschen und tippten auf *Empfangen*. Und was war auf allen fünf Displays zu lesen?

MEINE-TEKEL: EURE LETZTE CHANCE!
SOFORTIGE EINBERUFUNG IN DAS KINO
„HEAVEN'S GATE" AM BAHNHOF-ZOO,
DORT WERDET IHR ERWARTET!
ZEBAOTH

Totenstille – alle schauten verblüfft auf ihre Smartphones. Daisy fand zuerst die Sprache wieder und las die Botschaft vor. „Das steht bei mir auch!" – „Dasselbe bei mir auch!", ertönte es von allen Seiten. Daisy erhob die Arme zum Himmel und rief mit tränenerstickter Stimme: „Der HERR hat gesprochen, ER hat mich erhört! Rede, HERR, deine Dienerin hört!"
Roma schüttelte den Kopf: „Geht's nicht eine Nummer kleiner? Immer diese Ekstasen. Eine gute Show kommt auch ohne Hysterie aus."
Marta und Helvetia meldeten gleichfalls Bedenken an: „Ist das ein Fake? Vielleicht will uns jemand narren. Die Atheisten?"
Daisy las: „Im Absender steht *Rafael*. – Wer ist das?"
Trocken erwiderte Roma: „Erzengel, dritte Engelshierarchie, und *Rafael* bedeutet *Gott heilt*."
„Das können wir brauchen.", murmelte Marta, „kennt jemand diesen Ort?"
Alle schüttelten die Köpfe. Daisy raffte sich auf und rief energisch: „Dies ist ein Fingerzeig, ich fahre hin, egal ob ihr mitkommt, oder nicht." Sie rannte zum Stadion zurück, holte aus einem Fahrradständer ein rosa lackiertes Fahrrad, schwang sich auf den Sattel und trat fest in die Pedale Richtung Innenstadt.
„Also, das geht nicht", befand Helvetia, „der traue ich nicht so richtig. Wer weiß, was dahintersteckt. Nein, den Evangelikalen werde ich niemals das Feld überlassen. Gehst du mit?", wandte sie sich an Marta Gottstreu.
Die zögerte zwar, dann aber nickte sie: „Gut, gehen wir. Es sind zehn Minuten bis zur S-Bahn." Auffordernd schaute sie dabei auf die Schwarze und Blonde.
„Auf keinen Fall lasse ich euch allein", murmelte Roma, „ich rufe ein Taxi", und zu Ludmilla, „ich zahle die Hinfahrt und du die Rückfahrt." Diese aber starrte immer noch fasziniert auf ihr Display und reagierte nicht als Roma über Funk ein Taxi bestellte.

Nun, lieber Leser, liebe Leserin, das ist der Auftakt in unserer Geschichte. Und da *Kirche* merkwürdigerweise weiblich ist und man von *Mutter Kirche*, im Gegensatz zu *Vater Staat*, redet, ist die ganze Erzählung feminisiert.

Schon komisch, denn in allen christlichen Konfessionen haben fast ausschließlich die Männer das Sagen. Aber *Kirche* ist weiblich, vielleicht eine Erklärung warum es mit der Ökumene immer noch nicht funktioniert. Solidarität ist leider eine Schwachstelle beim weiblichen Geschlecht, und obwohl es vernünftiger und effektiver wäre, scheitert die Einheit der Christen eben an der mangelnden Solidarität, wie auch die Gleichstellung der Frauen an der mangelnden weiblichen Solidarität scheitert. Und außerdem gibt es noch die Ämterfrage und die Tradition..., aber ich greife der Entwicklung voraus. Schauen wir mal auf das Kino *Heaven's Gate* am Bahnhof-Zoo, da müsste das Quintett langsam eintreffen.
Marta und Helvetia waren die ersten, suchten lange herum, bis sie in einer Seitenstraße ein winziges Kino fanden: *Heaven's Gate*. Aber es war geschlossen, wirkte verlassen. Was tun? Marta wurde gleich nervös, schaute auf das Smartphone. Helvetia blieb ruhig: „Wir warten, bis die anderen da sind. Vorher geht sowieso nichts."
Fünf Minuten später hielt ein Taxi, und die beiden Matronen stiegen aus. Unsicherheit, verstocktes Schweigen. Ludmilla moserte: „Ein Irrsinn, mit dem Fahrrad zu fahren. Da können wir noch Stunden warten."
Doch wie auf ein Stichwort hin bog Daisy mit dem rosaroten Rad um die Ecke, völlig verschwitzt, aber als einzige in freudiger Erwartung. Marta suchte nach der Klingelanlage, nichts zu sehen. Da öffnete sich langsam und etwas unheimlich die alte schmiedeeiserne Tür. Beklommenes Schweigen, keiner wagte einzutreten. Doch Roma Aeterna trat wortlos vor und ging hocherhobenen Hauptes ins Dunkle.
Es war wirklich stockdunkel. Alle blieben stehen, bis sich die Augen etwas an die Finsternis gewöhnt hatten. Sie standen im Foyer eines alten Kinos mit Kasse, Verkaufstheke und einigen kleinen Tischchen und Stühlen. An den Wänden hingen seltsame Plakate von Filmen, die keiner kannte.
„Willkommen in *Heaven's Gate*.", erklang eine volltönende Stimme.
Die fünf drehten sich um, und in einer schwach beleuchteten Nische erkannten sie die Silhouette eines großen schlanken Mannes. Dieser kam langsam näher, bis ein Lichtschein auf sein Gesicht fiel. Eine sonderbare Erscheinung. Und die fünf Damen erschauerten. *Schrecklich schön*, so wirkte er. Oder sie? Hochgewachsen mit eisgrauem Haar, blauen Augen und einer tiefbraunen Haut. Die Gesichtszüge waren eine gelungene Kombination von weiblich-männlich, auch asiatisch-europäisch. Insgesamt dominierte eine androgyne Ausstrahlung. Der Mann, oder die Frau wirkte wie ein Querschnitt durch die ganze Menschheit. Über der schwarzen Kleidung lag ein breiter gewebter Schal in feurigen Farben. Das Wesen verneigte sich und

stellte sich vor: „Mein Name ist Rafael, Erzengel, wie Sie wissen. Der Menschheit bekannt bin ich durch das Buch Tobit. Meine Aufgabe ist es, die Menschen zu begleiten, also begleite ich auch Sie. Bitte folgen Sie mir in den Vorführraum."

Helvetia hatte die Augenbrauen hochgezogen, ihr Gesicht drückte Zweifel und auch Spott aus. Marta schien verstört, Daisy verzückt – aber das war nichts Besonderes bei ihr –, Ludmilla verneigte sich ehrfürchtig, und auch Roma hatte alle Arroganz verloren, sie bekreuzigte sich.

Der Kinosaal war klein, etwas muffig, sehr altmodisch, er schien seit längerer Zeit nicht mehr in Gebrauch. Daisy stürzte in die zehnte Reihe und ließ sich auf einem Platz in der Mitte nieder. Helvetia und Marta zogen eine hintere Stuhlreihe vor, Roma und Ludmilla nahmen in der hintersten Reihe Platz. Das Geräusch eines in Gang gesetzten Projektors ertönte, der Vorhang öffnete sich, eine weiße Leinwand erschien, darauf die Schrift:

MEINE-TEKEL: EURE LETZTE CHANCE!

Dann:

VIERZIG TAGE IN DIE WÜSTE! SO SPRICHT JAHWE, DER GOTT ISRAELS, ÜBER DIE HIRTEN, DIE MEIN VOLK ZU WEIDEN HABEN. IHR HABT MEINE SCHAFE ZERSTREUT UND AUSEINANDER GETRIEBEN UND EUCH NICHT UM SIE GEKÜMMERT! (JER. 23,1-2)

Roma Aeterna begann unruhig hin und her zu rutschen, ein neuer Schriftzug leuchtete auf:

DIE GEGENWART

Dann folgte eine Bildersequenz über verschiedene Lebensbereiche: Wohnung, Essen, Kleidung, Reisen, Autos, Bildungsmöglichkeiten. Jeweils fünf Standbildern folgten fünf Privatbilder aus dem Leben der fünf Ladys. Es fehlte die übliche untermalende Filmmusik, was die Darbietung geradezu bedrohlich wirken ließ. Schon beim zweiten Privatbild machte sich Nervosität bemerkbar. Marta murmelte. „Das geht zu weit! Woher sind diese Fotos? Wer hat sie gemacht?"

Daisy lachte mehrmals unkontrolliert auf, Helvetia äußerte sich ab und zu: „Frechheit, Unverschämtheit!" Ludmilla und Roma schwiegen verkniffen.

Es war klar, was hier dokumentiert werden sollte: *So lebt der Durchschnitt auf der Nordhalbkugel, und so lebt Ihr.* Es folgten noch drastischere Beispiele aus Afrika, Asien und Südamerika. Zum Schluss herrschte im Kinosaal eisiges Schweigen. Kurze Zeit wurde es dunkel. Endlich Ende? Nein, die Leinwand begann wieder zu flimmern, und die Schrift erschien:

EURE ZUKUNFT

Dann waren bekannte Kirchengebäude zu sehen, aber es war empörend, was da gezeigt wurde! Der Petersdom, umgebaut zur Oper, die Dresdner Frauenkirche als Konzerthaus, die Moskauer Christ-Erlöser-Kathedrale als Museum, die Genfer Kathedrale St. Peter als Kaufhaus und die evangelikalen Gospel-Foren als Internet-Cafés. Unmutsäußerungen regten sich, sogar Helvetia ließ sich zu einem „Also, also!“ hinreißen. Ludmilla wollte aufstehen und hinausgehen, wurde aber von Roma gepackt und in den Sessel zurückgedrückt. Dann folgten längere Zeit keine Bilder, bis auf der Leinwand in roter Flammenschrift aufleuchtete:

EINIGT EUCH – JETZT!!!
IHR HABT 40 TAGE ZEIT
GEHT INS GEWERBEGEBIET NORD-OST,
DORT KÖNNT IHR EUCH ERNEUERN!
ZEBAOTH

Daisy Lovecraft schrie auf und wollte auf die Knie fallen, was aber in der engen Sitzreihe nicht möglich war. Roma holte ihren Fächer aus der Handtasche und fächelte sich ernst und nachdenklich Luft zu, während Marta mit einem Redeschwall Helvetia überfiel. Ludmilla saß offensichtlich beleidigt mit verschränkten Armen in ihrem Sessel, dann brach es aus ihr heraus: „Wieso? Bin ich nicht die erfolgreichste der Altkirchen? Überall entstehen in Russland neue Kirchen und Klöster. Das Volk kehrt zum russischen Glauben zurück.“
Auf der Leinwand flammte es kurz auf:

ICH BIN KEIN RUSSE!

Pause, dann:

ICH BIN KEIN MANN!

Das war wohl an Roma gerichtet. Diese rutschte etwas tiefer in den Sessel und versteckte sich hinter ihrem Fächer. Marta kicherte, aber auch sie erhielt ihre Botschaft:

ICH BIN KEIN BUCH!

Marta verstummte sofort, und Helvetia zog bereits den Kopf ein. Prompt leuchtete auf:

ICH BIN KEIN BANKKONTO!

Da sprang Daisy auf, breitete die Arme aus und rief mit zitternder Stimme: „Aber ich, oh HERR, ich bin auf dem rechten Weg!“ Die Antwort kam umgehend:

ICH BIN KEIN WOHLFÜHLPROGRAMM!

Schwarze Leinwand, dann:

GEHT!

Ende der Vorstellung. Das Licht ging an, und Rafael trat vor die Leinwand. Er verbeugte sich leicht und sagte mit seiner volltönenden Stimme: „Meine Damen, ich bin bereit, fahren wir ins Gewerbegebiet Nord-Ost.“
Schweigend versammelten sich die fünf auf der Straße, als Rafael mit einem alten Kleinbus vorfuhr. Roma machte keine Anstalten einzusteigen, als ihr Rafael, der die Tür zurückgeschoben hatte, zurief: „Das Ewige liebt nicht nur verbeulte Kirchen sondern auch verbeulte Autos!“ Er reichte ihr die Hand, Roma ergriff diese, leicht pikiert, und stieg ein.

Endlos erschien die Fahrt, raus aus dem Stadtmoloch, über die Stadtautobahn, durch triste Vorortsiedlungen, bis endlich das Gewerbegebiet in Sicht kam. Es war Sonntag, und die menschenleeren Straßen zwischen den riesigen Verkaufshallen wirkten noch trostloser. Rafael hielt vor einem besonders klotzigen, grauen Riesengebäude, sagte kurz: „Wir sind da.“
Die fünf hatten während der ganzen Fahrt geschwiegen, jetzt malte sich auf ihren Gesichtern Verstörung, ja Entsetzen. Mit feierlicher Gebärde hob Rafael den Arm und schwenkte ihn leicht in die Runde: „Eure Wüste. –

Geht!“ Dann stieg er wieder in den Kleinbus und ließ den Motor an. Geistesgegenwärtig sprang Helvetia vor die Motorhaube, breitete die Arme aus und rief: „Stopp! Wie sollen wir zurückkommen?“
Rafael steckte den Kopf aus dem Fenster und sagte ruhig: „Die S-Bahn-Station ist fünfzehn Minuten entfernt.“ Dann hupte er kurz und fuhr davon. Wie vom Donner gerührt standen die fünf, bis sich Helvetia aufraffte und sagte: „Geh’n wir!“ So trotte die kleine Gruppe unsicher und missmutig übers Gelände.

Und so, lieber Leser, liebe Leserin, verbrachten die fünf Damen einen trostlosen Sonntagnachmittag im Gewerbegebiet, bis sie sich ermüdet, durstig und übelgelaunt entschlossen, die fünfzehn Minuten zur S-Bahn zu gehen. Seltsamerweise konnte Romas Smartphone keine Verbindung zur Taxizentrale herstellen, sie ächzte immer wieder und murmelte: „Meine Hüfte!“ Ludmilla war trotz ihres fortgeschrittenen Alters unkomplizierter, sie zog die roten Stöckelschuhe aus und bewältigte die Strecke barfuß. Vorneweg gingen die drei anderen, eifrig diskutierend. Die S-Bahn erschien ihnen wie der rettende Hafen, und erleichtert plumpsten sie in die Sitze. Kaum fuhr die Bahn an, blinkten die Smartphones auf:

MORGEN VORMITTAG WERDET IHR EUCH WIEDER
IM GEWERBEGEBIET VERSAMMELN,
ZUERST BESUCH BEI SARAH ROSENBERG!

„Sarah was?“, empörte sich Ludmilla, „das klingt so jüdisch.“
„Wie Jesus, Maria und Josef“, spöttelte Roma.
Als die S-Bahn in die zentrale Station einfuhr, hatten sich die fünf schon wieder mächtig in der Wolle.

II. IM GEWERBEGEBIET

Lieber Leser, liebe Leserin, wenn Sie mir bis hierher gefolgt sind, werde ich Mühe haben, Sie auch für das zweite Kapitel in diesem unattraktiven Gewerbegebiet zu gewinnen. Man könnte sich wirklich schönere und interessantere Orte vorstellen, aber ich muss der Geschichte folgen. Oder ist das alles nur ein blöder Schafstraum ohne jeglichen Sinn? Einerlei, bleiben wir erstmal dran, beobachten wir die fünf ungleichen Glaubensschwestern, die am nächsten Tag ihre Wüstenwanderung antraten.

Am Vormittag traf das Quintett pflichtgemäß mit der S-Bahn ein. Taxi war per Smartphone verboten worden, und Roma erschien vorausschauend mit schicken, hochwertigen Sportschuhen, in Gold – ein merkwürdiger Kontrast zu ihrem schwarzen Spitzenkleid. Ludmilla ging barfuß, die drei anderen hatten sowieso solides Schuhwerk. So erreichten sie am späten Vormittag ihre Wüste und suchten Sarah Rosenberg.

„Stopp!“, rief Marta, als sie an der großen Übersichtstafel ankamen, „nur keine unnötigen Bewegungen in dieser Hitze. Zuerst suchen wir die Verkaufsräume von Sarah Rosenberg.“ Sie studierten intensiv den Lageplan, konnten aber nichts finden. Auch Fragen half nichts, alle Angesprochenen zuckten desinteressiert mit den Schultern. *Sarah Rosenberg? – Noch nie gehört. Was verkauft sie?* Darauf wussten die fünf auch keine Antwort. Daisy tippte bereits eifrig auf ihrem Smartphone herum und kontaktiert Rafael. Der reagierte prompt, aber ganz anders als gewünscht. Auf dem Display erschien:

MATTH. 7,7

„Was soll *das* heißen?“, regte sich Daisy gleich auf.

Roma antwortete bewusst langsam und arrogant: „*Wer sucht, der findet. Wer anklopft, dem wird aufgetan.* – Also, da bin ich doch enttäuscht, dass du diese Bibelstelle nicht kennst. Die Bibel ist für euch doch ein Buchgötze, alles wörtlich zu verstehen. Mit römischem Brimborium kommt man aber weiter.“

Daisy fauchte sofort zurück, und Marta warf sich zwischen die beiden: „Lasst den Blödsinn! Wir haben dafür keine Zeit, denkt an die vierzig Tage!“

„Da!“, Helvetia deutete auf ein kleines sechseckiges Gebäude ganz am Ende des Geländes, „Da steht *Café Zion*. Vielleicht finden wir da Sarah Rosenberg?“
Allgemeines Aufseufzen, denn es waren noch gut zwanzig Minuten in der Gluthitze zu gehen. Roma zog einen Knirps aus der Handtasche, ließ ihn aufspringen, und ein weiß-gelbes Sonnendacht mit Wappen spannte sich über ihren Kopf. Helvetia musterte ärgerlich den Sonnenschutz.
„Ist das das Papstwappen?“, fragte sie spitz.
„Ja“, trumpfte Roma auf, „neidisch?“
„Dummes Zeug!“, brummte Helvetia und nahm drei violette Kappen aus ihrer Tasche, die sie an die protestantischen Schwestern verteilte. Ludmilla zog ein großes weißes Taschentuch heraus, verknotete alle vier Enden und legte sich dieses auf den Kopf. „Geh'n wir!“, rief sie munter, ihr schien die Hitze am wenigsten auszumachen. Und so trotteten die fünf im Gänsemarsch übers Gelände.
Ungefähr in der Mitte stand ein protziger roter Containerbau mit schwarzem Zickzack-Muster. Marta kam näher heran und las:

Firma
KNALL & FALL
Feuerwerkskörper und Raketen
Inhaber
Heinrich Manteuffel

„Für so etwas geben die Menschen Geld aus.“ Empört schüttelte sie ihr intellektuelles Haupt. Gegenüber von diesem auffallenden Bau erstrahlte in reinem Weiß ein Neubau. *Zu vermieten*, informierte ein Schild und kleingedruckt: *Anfragen bei H. Manteuffel, Telefon: 066 / 666 666.*
Helvetia war neugierig geworden: „Wäre das nicht was für uns? Vielleicht könnten wir die Immobilie anmieten?“
„Wofür?“, brauste Roma gleich auf, „Wir wissen noch nicht einmal, was wir hier tun sollen.“
„Na, verkaufen, was sonst“, entgegnete Helvetia spitz, „wozu sind wir sonst in einem Gewerbegebiet?“
Die kleine Karawane bewegte sich mühsam weiter, und da kam, praise the Lord, das *Café Zion* in Sicht. Es war weiß-blau angestrichen, und über der Tür prangte ein sechszackiger goldener Stern.

„Hier sind wir richtig", triumphierte Marta und schob den Perlenvorhang zur Seite. Alle traten ein, nur Ludmilla blieb mit leicht gequältem Gesichtsausdruck draußen stehen. Roma, die immer ein Auge auf sie hatte, kehrte um und zischte ihr zu: „Was soll das? Willst du uns blamieren? Vergiss deine dummen Vorurteile und komm!" Ludmilla schlug das orthodoxe Kreuz mit den drei zusammengelegten Fingern, flüsterte: „Herr, eile mir zu helfen!" und trat ein, während Roma den Schirm zusammenklappte und mit erhobenem Haupt das Stoßgebet „Jesus, Maria, Josef!" zum Himmel schickte.
Das Café Zion wirkte freundlich und hell. Eine junge, südländisch aussehende Frau trat auf sie zu und wies auf den großen runden Tisch in der Mitte des Raums. „Bitte nehmen Sie Platz", sagte sie freundlich und überreichte die Getränkekarte. Es war noch nicht Mittagszeit und keine weiteren Gäste da. Marta bestellte einen Tee mit Kardamom, Helvetia ein Glas Wasser, Daisy eine Coca-Cola, Ludmilla suchte nach etwas Hochprozentigem und entschied sich für einen Birnenschnaps, Roma wollte ein Glas Rotwein. Daisy Lovecraft konnte es sich nicht verkneifen, dies zu kommentieren: „Bei dieser Hitze, und am Vormittag schon Alkohol. Muss das sein?"
Roma erhob das Rotweinglas und sagte betont seriös, ja kalt: „Trinkfest und arbeitsscheu, aber der Kirche treu, Halleluja!"
Daisy erblasste, während Marta und Helvetia offensichtlich mit dem Lachen kämpften. Ludmilla erhob ebenfalls ihr Schnapsglas und meinte: „Nastrowje!" und kippte den Inhalt in einem Zug hinunter. „Ah!", machte sie dann, und ihre Augen glänzten.
„Gibt es hier eine Frau Sarah Rosenberg?", wandte sich Marta an die Bedienung.
„Oh ja!", sagte diese freundlich, „Ich glaube, sie hat Sie bereits erwartet."
„Erwartet?", riefen alle fünf wie aus einem Mund.
Die junge Frau verschwand hinter der Theke durch eine Tür und kam kurz darauf mit einer sehr alten Dame zurück, die sie an den Tisch führte. „Sarah Rosenberg" stellte sich diese mit einer dunklen und etwas rauen Stimme vor. Unwillkürlich hatten sich alle von ihren Stühlen erhoben, kurze Vorstellung, dann setzte man sich.

Geschätzte Leser, erlauben Sie mir, hier kurz die Handlung zu unterbrechen und Frau Rosenberg zu schildern. Sie war eine sehr kleine, zierliche und gebückt gehende alte Dame, die schon das 85. Lebensjahr überschritten hatte. Faszinierend war ihr ausdrucksvolles Gesicht; große, dunkle Augen, eine markante Nase und schön geschwungene Lippen. Sie war dezent geschminkt, über den weißen Haaren lag ein lila Farbton. Alles war sorgsam aufeinander abgestimmt, die filigranen silbernen Ohrringe, das geschmackvolle Armband, das Kleid in Pastelltönen. Besonders Helvetia, Roma und Ludmilla registrierten die äußere Aufmachung der betagten Lady, Marta und Daisy hatten dafür kein Auge.

„Meine Damen, ich freue mich, Sie hier begrüßen zu dürfen“, begann Sarah Rosenberg das Gespräch, „ich hatte bereits Nachricht erhalten.“

„Von wem?“, platzte Daisy heraus.

Die alte Dame schaute die jüngste gütig an, lächelte und antwortete: „Von Rafael, ich denke, Sie kennen ihn inzwischen auch.“

Die Spannung stieg. „Ja“, sagte Roma gedehnt, „Herr Rafael hat uns hierher verwiesen, und ich nehme an, dass Sie über unseren, äh, Auftrag Bescheid wissen.“

Die Bedienung hatte inzwischen einen Espresso vor die alte Dame gestellt. Diese riss das Zuckertütchen auf und ließ den Zucker in die Tasse rieseln. „Ja, ich bin informiert“, meinte sie dann ruhig, „ich soll Ihnen behilflich sein, soweit ich kann.“

„Ich will nun endlich wissen, was das Ganze hier soll!“, trompetete Daisy los, „Was will der HERR von uns? Warum spricht ER nicht direkt zu uns, ich meine ins Herz und in unsern Geist?“

Helvetia legte besänftigend die Hand auf Daisys Arm und richtete betont sachlich das Wort an Frau Rosenberg: „Wir wären Ihnen wirklich dankbar, wenn Sie uns weiterhelfen könnten. Ich meine: Was sollen wir hier verkaufen? Wo sollen wir uns niederlassen? Was ist ein optimales Geschäft?“

Sarah Rosenberg trank genüsslich ihren Espresso und musterte Helvetia freundlich: „Liebe Frau Hundertmark, Sie haben sicher die besseren Geschäftsideen als ich, in Sachen Kapital sind Sie außerordentlich versiert, also, da brauchen Sie meinen Ratschlag sicher nicht. Vielleicht sollten Sie sich über den Sinn Ihres Hierseins nochmal gründlichere Gedanken machen.“

Helvetia schaute hilfesuchend auf Marta, und diese antwortete flink: „Unser Auftrag ist klar: Wir sollen uns alle fünf einigen und wurden hier ins Gewerbegebiet geschickt, um eine Firma zu gründen, die wir gemeinsam betreiben sollen. So können wir…“, sie stockte, „vielleicht besser unsere Abneigungen und Traditionen überwinden. Wenn man ein Geschäft betreibt, dann muss man schließlich zusammenhalten, nicht wahr?“ Sie schaute belehrend in die Runde, wartete auf Zustimmung.
„Matko Bosza“, war Ludmillas Kommentar.
Daisy verzog das Gesicht: „Also, die lassen wir außen vor!“
„Moment mal“, schaltete sich Roma Aeterna ein, „schließlich ist unser Devotionalienhandel gut zweitausend Jahre alt, über ICHTYS-Öllampen bis zur Lourdes-Madonna als Weihwasserflaschen. Wir haben Millionen damit verdient, und Menschen haben wir glücklich gemacht.“
Marta lachte kurz und spöttisch auf.
„Da gibt's nichts zu lachen!“, konterte Roma, „diese Sparbrötchen-Variante von der Frohen Botschaft, die Ihr Protestanten vertretet, das ist doch armselig. Sinnenhaft muss der Glaube sein, nicht verkopft! Und außerdem: Ich erinnere mal ans Luther-Jahr. Was es da an evangelischem Kitsch gab! Luther als Playmobil-Figur. Nachmachen könnt Ihr, aber nicht mal gut. Also, wenn wir Devotionalien verkaufen sollen, dann müssen diese katholisch sei – darin sind wir unschlagbar!“
„Meine liebe Schwester“, hakte sich Ludmilla Bogumilova ein, „unsere Ikonen und echten Bienenwachskerzen haben Weltgeltung. Und das möchte ich anmerken: Katholischen Kitsch gibt es bei uns nicht – nur heilige Tradition!“
„Ludmilla, bleib auf dem Boden mit deinen Ikonen! Seit 1500 Jahren malt ihr immer dasselbe. Nein, nein, das belebt kein Geschäft! Es wird, wie immer, alles von Rom abhängen, die anderen sind einfach zu schmalspurig.“
Nun brach der Tumult los: „Unverschämtheit!“, schrie Daisy mit ihrer hohen Stimme, „Götzenkult! Auf keinen Fall, da mache ich nicht mit! Maximal Bibelausgaben und CDs mit Gospel werde ich zustimmen, alles andere ist des Teufels!“
„Daisy!“, ermahnte Marta, „Also, da sehe ich schwarz, was den Verkaufserfolg angeht. Man muss es neidlos den Katholischen und Orthodoxen zugestehen, dass sie auf diesem Gebiet erfolgreicher sind.“
Roma warf Ludmilla einen triumphierenden Blick zu.
„Nein“, schrie Daisy Lovecraft, „das ist gegen meine Überzeugung!“
Marta seufzte: „Aber wir sollen uns doch *einigen*, denkt mal nach. Vierzig Tage haben wir Zeit.“

Es wurde durcheinandergeschrien und polemisiert, schließlich donnerte Roma in Richtung Helvetia: „Und du! Was haben die Calvinisten beizusteuern?" Plötzliche Ruhe und Spannung. Ja, wie sollte das mit dem strengen Calvinismus funktionieren, der sogar das Kreuz ablehnte?
Helvetia drehte etwas verschämt an ihrer Rolex-Uhr, räusperte sich verlegen und sagte dann ruhig: „Ich verwalte die Einnahmen."
„Ha", schrie Roma, „so hast du dir das gedacht! Nichts da! Selber produzieren, nicht von den Erträgen der anderen leben!"
Wieder Tumult, Geschrei, Gezeter. Da – ein scharfer Knall, und alle Köpfe flogen in die Richtung des Geräuschs. Ein Bild war von der Wand gefallen, das Glas zersprungen. „Schon wieder", murmelte Sarah. Die junge Kellnerin eilte hinzu, kehrte die Scherben zusammen und brachte das Bild, es war ein Foto, zu Sarah Rosenberg. Diese schaute es liebevoll- skeptisch an und strich sanft darüber.
Schlagartig war der ganze Lärm verstummt. Fünf Köpfe beugten sich neugierig über das große Foto. Es zeigte einen schönen, orientalisch wirkenden, jungen Mann mit kurzem Bart, etwas längerem Haupthaar und einem malerischen Überwurf. Vor der Brust hielt er einen großen Schäferhut.
„Mein Ur-Ur-Urgroßneffe", erläuterte Sarah etwas verlegen, „er besucht mich in letzter Zeit wieder häufiger, obwohl er sehr beschäftigt ist."
Daisy bekam glänzende Augen als sie die Fotografie längere Zeit ansah. Marta lächelte leicht verunsichert, Helvetia bekam einen nachdenklichen Gesichtsausdruck und zog die Augenbrauen hoch, Roma zog die Augenbrauen zusammen und formte in der Anstrengung einen Schmollmund, Ludmilla wirkte leicht verklärt. Dann sagte Marta nachdenklich: „Irgendwie kommt er mir bekannt vor."
„Ja, kann schon sein, dass er Ihnen einmal begegnet ist", erwiderte Sarah etwas doppeldeutig, gab das Foto aber schnell der Kellnerin. Die alte Dame raffte sich auf, schaute ihre Besucherinnen ernst an und sprach langsam und betont: „Meine lieben Schwestern…"
Wieso sagt sie „Schwestern" zu uns?, schoss es allen durch den Kopf.
„Meine lieben Schwestern", wiederholte Sarah, „vielleicht sollten Sie von der Idee, hier einen Devotionalienhandel zu etablieren doch nochmal abrücken. Vielleicht ist Ihre Mission eine andere."
Mission?, dachte Roma, *Ausgerechnet sie redet von Mission? Die haben doch nie missioniert.*
„Ja, was sollen wir hier denn anderes tun, als Glaubensartikel verkaufen?", vernünftelte Helvetia.
„Glaubensartikel", schnaubte Ludmilla, „hört, hört!"

„Also, ich schlage vor", ergriff Sarah Rosenberg wieder das Wort, „Sie überschlafen die Idee nochmals. Mein Café steht Ihnen immer offen. Sie sind mir jederzeit willkommen, und ich begleite Sie gerne bei Ihren Plänen, aber: Übereilen Sie nichts!"
„Sie hat Recht", maulte Daisy, „wir sind das erste Mal hier. Morgen ist auch noch ein Tag."
Nach dem Austausch einiger Artigkeiten erhoben sich die fünf, bedankten sich herzlich und machten sich auf den Rückweg. Die ersten Mittagsgäste waren eingetroffen, und aus der Küche roch es nach gutem Essen.
Wortlos trottete das Quintett durch das Gewerbegebiet. Da fiel ihnen am anderen Ende ein Kebab-Imbiss auf, ISTANBUL war darüber geschrieben. Eine Frau mit Kopftuch und Küchenkleidung winkte ihnen zu: „Türkisches Essen, Döner, Fladenbrot, Salat – bitte kommen!" Daisy, Marta und Helvetia waren schon vorausgeeilt. Roma und Ludmilla blieben stehen, nickten sich kurz zu und folgten der Einladung.

Und hier, liebe Leserinnen und Leser, verlassen wir die kämpfenden Parteien, wünschen Ludmilla und Roma einen guten Appetit und freuen uns auf die Fortsetzung der Geschichte.

III. DIE ÄMTERFRAGE

Es vergingen zwei ereignislose Tage. Unter Spannungen war man auseinander gegangen: *Was sollen wir, um Himmels willen, im Gewerbegebiet verkaufen?* Außer dem Devotionalienhandel schien nichts anderes möglich. Dagegen war aber entschieden die protestantische Fraktion, denn eindeutig wäre das Angebot zu stark von den Katholiken bestimmt. Frostig hatte man sich getrennt und beriet sich untereinander. Gab es eine Alternative?
Roma und Ludmilla trafen sich in einem Hinterzimmer von St. Hedwig, und Ludmilla schwärmte schon von einem Katalog mit hochpreisigen, handgemalten Ikonen, von kleinen Weihrauchfässern, Bienenwachskerzen, Brustkreuzen usw. Roma schwieg verbissen zu Ludmillas begeisterten Vorschlägen, schließlich schlug sie mit der Hand auf den Tisch und sagte streng: „So geht das nicht! Die Protestanten werden das niemals akzeptieren. Wir müssen das Problem anders angehen."
Ludmilla stutzte und fragte verstört: „Aber wie?"
„Wir müssen die Leitung haben. Wenn wir die Strukturen hierarchisch aufbauen, dann werden die drei schon folgen. Was haben sie auch zu bieten? Dieser evangelische Krimskrams ist viel zu mager, um wirklich ein Geschäft daraus zu machen. Zuerst müssen wir die Ämterfrage klären. Also, ich sehe das so: Die römische Kirche als größte Konfession bekommt natürlich die Leitung, du wirst meine Stellvertreterin, und die drei anderen werden, naja, sagen wir mal Abteilungsleiterinnen mit kontrolliertem Bereich. Die ganze Produktion kann sowieso nur über uns laufen."
Ludmilla war leicht verärgert, dass sie zum wiederholten Male die zweite Position einnehmen sollte, aber allein gegen die Protestanten? Nein, soviel Pragmatismus hatte sie, das war ganz unmöglich.
Verlassen wir die ungleichen Schwestern und schauen wir mal auf die Gegenseite. Die drei evangelischen Schwestern saßen in der Buchhandlung Alpha zusammen, man hatte alle Mühe, Daisy Lovecraft bei der Stange zu halten. Diese schwor tausend Eide, dass sie niemals mit den Katholiken, diesen Heiden, zusammenarbeiten würde, das wäre eine Sünde. Marta schüttelte verzweifelt den Kopf: *Wie soll so eine Einigung zustande kommen? Und das Ganze noch in vierzig Tagen? - Aussichtslos!*
„Daisy", erwiderte sie in ihrem gut trainierten, sanften Therapeutenton, „auch wir müssen tolerant sein und manches akzeptieren, was uns widerstrebt. Und sei vernünftig. Was wollen wir als Kirche verkaufen? Gut, natürlich Bibeln, Gospel-CDs und Meditationsheftchen, aber richtig Geld

macht der andere Kram, und der ist nun mal katholisch. Es wird niemand gezwungen zu kaufen, sieh mal…"
„Schluss mit dieser sinnlosen Debatte", mischte sich plötzlich Helvetia ein, „ich kenne die Römischen: zuerst wollen sie die Macht. Was wir hier diskutieren, ist drittrangig, wichtig ist: Wer wird Firmenchefin? Wer hat das Sagen? Meinetwegen kann dieser ganze religiöse Schwachsinn Geld machen, sollen sie den Kitsch verkaufen. Aber die Geldgeschäfte sind bei uns, den Reformierten, in bester Hand. Wir sind zu dritt, wir stimmen ab, und dann werden wir Roma und Ludmilla überstimmen."
„Ja, und wer wird die Chefin?", fragte Marta irritiert.
„Natürlich ich", war Helvetias nüchterne Antwort.
Daisy gluckste nur noch einmal kurz weinend auf, dann verstummte sie. Marta schaute ratlos zwischen den ungleichen Schwestern hin und her, dann sackte sie in sich zusammen und signalisierte Einverständnis.

Am dritten Tag war ein Treffen der konkurrierenden Parteien anberaumt und der Zweikampf zwischen Helvetia und Roma angesagt. Beide hatten sich gut vorbereitet, und man traf sich wieder im Gewerbegebiet. Wo? – Im *Café Zion*, Hinterzimmer. Sarah Rosenberg hatte dies angeboten. Und so stießen die Kontrahentinnen drei zu zwei aufeinander. Beide waren gründlich vorbereitet, hatten sowohl biblische als auch historische Argumente, um knallhart die Firmenleitung für sich geltend zu machen. Es knisterte vor Spannung, als man am großen runden Tisch Platz nahm. Marta hatte sich als Mediatorin zur Verfügung gestellt, sie konnte etliche Ausbildungslehrgänge und ein Diplom vorweisen. Auch sie war professionell vorbereitet, als alle fünf Smartphones gleichzeitig blinkten. Rafael erschien auf dem Display und sagte lakonisch: „Bevor Ihr wieder mit der alten Nummer anfangt, weil Euch immer noch nichts Besseres eingefallen ist: Okay, Zustimmung von oben, aber nur unter einer Bedingung."

„Welche?", schrien geradezu Helvetia und Roma.

Rafael atmete tief durch und sagte betont ruhig und sachlich: „Egal wer von Euch Chefin wird – nach zwanzig Tagen wird gewechselt! Rotierende Ämter, klar?“ Dann erlosch sein Bild auf dem Display, und eine dunkle Wolke erschien, aus der ein Blitz zuckte, gefolgt von einem Donnerschlag.
Daisy und Ludmilla fielen auf die Knie und verbargen ihre Gesichter. Die drei anderen schauten sich verdutzt an, dann nahm Helvetia aus ihrer Geldbörse einen Euro, hielt ihn Roma unter die Nase mit den Worten: „Bild oder Zahl?“
Roma schluckte und meinte: „Bild.“
Der Euro flog hoch, klapperte auf den Boden, rollte aus und blieb mit der Zahlseite nach oben liegen.
„Betrug!“, schnaubte Roma, hob das Geldstück auf, aber es war in Ordnung. Marta war sichtlich erleichtert und versuchte in diesem freundlich erregten und total verbindlichen Mediatoren-Ton einen guten Abschluss zu finden: „Nun haben wir diese wichtige Frage geklärt und sollten uns jetzt daran machen, ob wir das leer stehende Gebäude gegenüber der Feuerwerksfirma anmieten wollen. Also, setzen wir uns und widmen uns den konkreten Problemen.“

In der Tür erschien Sarah Rosenberg, winkte freundlich und sagte augenzwinkernd: „Schalom!“

IV. ES GEHT VORAN

Geneigter Leser, geneigte Leserin, vergessen wir nicht die Schafe. Und als ob diese sich ihren Platz in der Geschichte sichern wollten, trippelten sie mit kurzen Schritten am folgenden Tag über das Gelände. Ein schwarzer Hund umkreiste sie, auf die Zurufe des Schäfers achtend. Es waren zwei Schäfer. – Seltsam? Einer ist doch genug.

Ein junger Mann in den besten Jahren, dunkler Typ und mit einer fast hoheitsvollen Ausstrahlung ging voraus. Wieso war *der* Schäfer, *der* hätte doch garantiert etwas Besseres finden können? Der zweite war noch seltsamer; groß, gut einen Meter neunzig, massig – und offensichtlich blind. Naja, etwas musste er schon sehen, aber viel konnte es nicht sein. Er ging zum Schluss, achtete darauf, dass keines der Schafe zurückblieb, und arbeitete geschickt mit dem langen Schäferstock. Nun, lassen wir die beiden mit ihrer Herde des Weges ziehen und wenden uns den fünf Glaubensschwestern zu. Helvetia hatte gestern den neu errichteten Containerbau gepachtet. Sie saßen nun im kahlen Büro, an den Wänden fehlten Farben und Tapete.

„Kassensturz", rief Helvetia und zückte etliche Papiere. „Also – drei Mitglieder", Marta runzelte die Stirn, und Helvetia verbesserte sich, „drei Mitgliederinnen haben die notwendigen finanziellen Mittel eingebracht. Aber was ist mit euch beiden, liebe Glaubensschwestern?" Herausfordernd starrte sie Daisy und Ludmilla an.

Daisy blies die Backen auf, hob die Hände demonstrativ nach oben und verteidigte sich: „Wir zahlen keine Kirchensteuer, wir haben kein Geld."

Roma bekam einen Lachanfall.

Ludmilla nickte dazu und ergänzte: „Wir leben von Spenden und haben keine festen Einnahmen."

Roma knurrte: „Ihr lebt von den Sünden des Volkes, das glaubt, sich durch Spenden loskaufen zu können."

Ludmilla schlug zurück: „Ja, kann schon sein, aber im Vergleich zur römischen Kirche sind wir geradezu Armenhäusler."

„Armenhäuslerinnen", verbesserte Roma giftig mit Blick auf Marta.

„Schluss mit den Ausreden", fuhr Helvetia dazwischen, „Geld muss her, ohne Moos nichts los! Und keine von uns sieht ein, dass Ihr Euch klammheimlich an das Projekt dranhängt."

„Ich habe kein Geld und bin auch nicht fähig, welches zu machen, wie du, Helvetia", jammerte Daisy.

Romas Kommentar: „Wer's glaubt, wird selig."

Ludmilla sagte gar nichts und beschäftigte sich mit ihrem Smartphone, doch von dort kam weder Weisung noch Stellungnahme.
„Geht doch einfach singen“, schlug Roma vor.

„Was??“
„Singen – sage ich! Na, guckt nicht so dumm. Du, Ludmilla, bist doch schön öfter erfolgreich aufgetreten mit russischen Volksliedern, und tanzen kannst du auch. Zieh deine roten Stiefel an und geh mal auf den Boulevard! An jeder dritten Ecke steht ein Russe mit Balalaika und Bassstimme. Na los, worauf wartest du?“
„Genau!“, ereiferte sich Marta, „Daisy, auch dir hat der HERR Talente geschenkt! Nimm deine Gitarre und geh ebenfalls in die Stadt! Erweckungsgruppen, die Gospels singen, gibt’s doch auch genug. Schließ dich einfach an und mach mit! Die könnten zumindest mal eine Tageseinnahme an dich spenden.“
Daisy war auch nicht abgeneigt, erhob sich sofort und machte sich mit Ludmilla auf den Weg.
„Hoffentlich stellen die sich weit genug voneinander auf“, nörgelte Roma, „ehrlich, Gospel mit Klampfe, dieses dauernde JESUS LIEBT DICH, das ist doch unerträglich. Also, ich bekomme da regelmäßig Aggressionen und Pickel!“
„Roma, diese Bemerkung war wirklich überflüssig!“, tadelte Marta.
Und dann rechneten die drei nochmal alles durch. Sie rechneten penibel und wurden erstaunlich bald einig – sie konnten nun mal gut mit Geld umgehen.
„Erledigt“, seufzte Roma und lehnte sich zurück, „nun müssen wir nur noch die Büroräume, Flur und WC streichen und tapezieren, dann kann es bald losgehen. Um die Warenbestellung kümmere ich mich.“
„Betreffs Malerarbeiten“, ergänzte Marta, „also, das können wir, äh, mit Ehrenamtlichen erledigen. Da gibt’s in der Oststadt so einen Rentnerclub, die spreche ich mal an.“
Sie hatte kaum ausgeredet, als alle Smartphones klingelten. Auf dem Display erschien Rafael mit tiefer Zornesfalte zwischen den Augenbrauen: „Nichts mit Ehrenamtlern!“, befahl er streng, „Ihr selbst werdet die Malerarbeiten ausführen, das gehört zu Eurer Wüstenwanderung!“

„Aber, aber…“, wandte Roma gleich ein, „bedenke mein Alter, und Ludmilla ist auch nicht mehr die jüngste.“
„Unsinn!“, war die Entgegnung, „Ihr beide könnt die Tapetenrollen einstreichen, Daisy und Marta arbeiten auf der Leiter, Helvetia kann die Sockel anstreichen.“
„Aber, mein Rücken…“, protestierte Helvetia.
„Du kannst Dich mit Marta abwechseln“, war die Antwort. Dann wurde es auf dem Display schwarz, während ein leichtes Donnergrollen zu hören war. Roma schaltete das Smartphone ärgerlich ab und zischte: „Spion! Unverschämtheit! Und eine passende Kleidung habe ich auch nicht.“
Marta hatte sich als erste wieder gefasst und meinte maliziös: „Da gibt es einen Verkauf mit Berufskleidung ganz in der Nähe, meine Liebe. Die haben sicher einen passenden Blaumann, äh, *Blaufrau* für Dich. XXL wird Dir schon passen.“
Roma schnaubte wütend, wagte aber keine Entgegnung.
Am Abend kamen Ludmilla und Daisy zurück, beide mit zwei Säcken Münzgeld. Stolz und verschwitzt kippten sie das Hartgeld auf den Tisch. Alle stürzten sich darauf, zählten einträchtig die Münzen. Ein fast andächtiges Schweigen breitete sich aus. „Nicht übel“, resümierte Helvetia, „also, noch drei Mal, und Ihr seid dabei.“
Marta meinte energisch: „Und jetzt gehen wir unsere Arbeitskleidung kaufen, packen wir's an!“
Gehorsam trabten alle hinter ihr her, bis auf eine. Roma zögerte, und als die anderen die Straße bereits hinunterliefen blieb sie stehen, setzte ihre Sonnenbrille auf und schlenderte gemütlich auf die andere Straßenseite zur Firma KNALL & FALL. Während sie die Werbetafel studierte, öffnete sich eine rote Seitentür, und ein kleiner Mann trat freundlich auf sie zu.
„Meine liebe Nachbarin“, begann er eloquent, „wir müssen uns bekannt machen. Ich bin Heinrich Manteuffel, der Firmenbesitzer von KNALL & FALL. Mein Makler hat mir berichtet. Sie werden demnächst hier einziehen?“ Er deutete auf den Neubau.
Roma blieb erst einmal skeptisch, im Grunde witterte sie überall Konkurrenz und Angriff, dachte aber: *Na, Kontakt sollte man schon mal halten*, und stellte sich mit „Roma Aeterna, stellvertretende Geschäftsführerin“ vor.
War es eine Täuschung oder zuckte der kleine Mann bei der Nennung ihres Namens zusammen? Dann lud er sie betont höflich in sein Büro ein, und Roma folgte ihm.
Verehrte Leser, verehrte Leserinnen, nun fand ein hochinteressantes Gespräch statt, das ich zusammenfasse, denn unsere Erzählung sollte die Kürze

und Würze bewahren. Also, Heinrich Manteuffel, ein Mann mit der Größe von einem Meter sechzig – ich gebe zu, diese Größe ist immer etwas verdächtig, denn bekanntermaßen sind Diktatoren von kleinem Wuchs –, verstand es ausgezeichnet, die lebens- und kampferprobte Roma doch soweit zu gewinnen, dass sie über die Eröffnung ihres Devotionalienhandels recht freimütig plauderte. Er verzog leicht das Gesicht, nahm die runde Brille ab, beugte sich etwas nach vorn und meinte leicht verschwörerisch: „Ihre Absichten in Ehren, Gnädigste, aber ist das Angebot nicht etwas obsolet? Sollte diese Ware nach zweitausend Jahren nicht radikal anders aussehen?"
„Obsolet?", Roma war leicht pikiert, „also, diesen Vorwurf höre ich nun seit langer Zeit, aber wir verkaufen immer noch gut. Tradition hat ihren Wert in unserer schnelllebigen Zeit."
„Natürlich", beschwichtigte der Kleine, „aber es geht doch auch darum, neue Käuferschichten zu gewinnen. Ich meine, man könnte Ihr Angebot mehr auf die Zielgruppe hin orientieren; auf diejenigen, die noch nicht gewonnen sind, aber ihrem Leben einen Sinn geben wollen. Alternativ, biologisch, transzendent, so sollte Ihr Angebot sein."
Roma war verblüfft, lehnte sich zurück, breitete die Arme aus und sagte wohlwollend neugierig: „Dann lassen Sie mal hören!"
Heinrich Manteuffel stand auf, ging in seinem großräumigen Büro auf und ab und dozierte mit samtweicher Stimme: „Werden Ihre Käufer, Ihre Interessenten, nicht seit Jahrhunderten mit den nützlichen und gutmütigen Schafen verglichen? Wäre es nicht angebracht, punktgenau darauf ein Angebot aufzubauen? – z. B. ein Fachgeschäft: *Alles vom und fürs Schaf.*"
„Was soll das denn sein?", Roma reagierte ablehnend.
„Nun", nahm Manteuffel seine Wanderung mit auf dem Rücken verschränkten Armen wieder auf, „da gibt es viele Möglichkeiten: Vom Schaf: Felle aller Art, Wolle, Kuscheltiere für Kinder, Fellwesten, Hausschuhe, Wolldecken, Fleisch vom Schaf, Grillbesteck, Schaffleischrezepte usw. Und fürs Schaf: Ohrmarken, Ohrmarkenzange, Hufkratzer, Halsbänder, Elektroschafscheren, Schermaschinen, Schafzäune, Weidenzäune, Fanghaken mit Hals- und Beinfang – das ist nur eine kleine Auswahl. Seien Sie mutig, revolutionieren Sie Ihr Angebot, vergessen Sie diesen alten Kitsch und Tand! Erobern Sie sich neue Märkte!"
Roma hatte zunächst abwehrend, dann neugierig und zum Schluss interessiert zugehört. Heinrich Manteuffel registrierte sofort ihr Schwanken und gab sein Bestes in seiner Überredungskunst. Sein letztes Argument überzeugte Roma dann endgültig:

„Denken Sie an ihre Teilhaberinnen. Sicher ist denen das bisherige, sehr katholisch geprägte Angebot suspekt, aber *Alles vom Schaf, alles fürs Schaf* würde sicher die ungeteilte Zustimmung finden. Denken Sie zukunftsorientiert, ökumenisch und ökonomisch! Und: die Devotionalien kann man in einer Ecke auch noch anbieten. Die Tradition muss man nicht vernachlässigen."
Roma war gewonnen. Nun wollte sie unbedingt wissen, wo sie ein entsprechendes Angebot im Internet fände, und Heinrich Manteuffel betätigte triumphierend seinen PC. Verlassen wir die beiden nach diesem ereignisreichen Tag, und morgen, in aller Frühe, wird unsere Geschichte weitergehen. Wir treffen uns wieder bei den Malerarbeiten im Neubau der fünf Glaubensschwestern.

V. BEGEGNUNGEN

Die Hitzewelle wollte nicht abebben, und schon morgens um 9:00 Uhr wurden 28 Grad Celsius gemessen. Die drei protestantischen Glaubensschwestern erschienen in nagelneuen Blaumännern, Ludmilla hatte sich einen weißen Maleranzug mit Käppi ausgeliehen, und Roma Aeterna stach mit einer Sonderkonfektion aus der Gruppe heraus. Sie trug eine weiß-gelbe Latzhose mit zwei aufgestickten Schlüsseln, die sich kreuzten. Auf dem Kopf hatte sie ein merkwürdiges Zeitungsgebilde, das Daisy gleich zu der giftigen Bemerkung verführte, es handele sich wohl um eine Art Papstkrone.
Helvetia Hundertmark griff durch und verteilte die Arbeit. Roma und Ludmilla mussten auf den Tapeziertischen die Tapeten dick mit Kleister einstreichen. Daisy pinselte die Sockel an, und Marta und sie selbst nahmen die schweren, feuchten Tapeten im Empfang. Schweigend gingen die Arbeiten voran, bis plötzlich Roma anfing zu singen:

Wunderschön prächtige,
hohe und mächtige,
liebreich holdselige,
himmlische Frau,

Daisy fiel der Pinsel aus der Hand.

welcher ich ewiglich
kindlich verbinde mich,
ja mich mit Leib und mit
Seele vertrau.

...schmetterte Roma weiter. Auch Ludmilla verzog das Gesicht. Marta entfuhr es entsetzt: „Was ist denn das?"

Gut, Blut und Leben
will ich dir geben,
alles, was immer
ich hab, was ich bin,
geb' ich mit Freuden,
Maria, dir hin.

…tönte Roma ungerührt weiter. Zugegeben, sie hatte für ihr Alter noch eine gute Stimme, das häufige Singen hatte ihre Stimmbänder elastisch gehalten.
„Guter Gott“, stöhnte Marta, „was ist das für ein Text? Sowas hab ich noch nie gehört.“
„Eure marianische Aufmachung hat mich inspiriert.“, konterte Roma.
„Marianisch?“, zischte Helvetia, „Was soll das sein?“
„Na, eure Blaumänner. Und wenn wir schon beim Thema Maria sind: Was hat sie Euch getan? Ihr, mit Eurem ganzen Feminismus, und dann sagt Ihr ständig HERR Jesus. Maria wurde von Gott auserwählt, mit ihr wurde ein neuer Anfang in der Menschheitsgeschichte gemacht. Also, an erster Stelle der Menschheit steht eine Frau – welche Religion hat das noch zu bieten?“
Sie schaute sich triumphierend um: „Wollt Ihr die zweite Strophe hören?“
„Nein!“, schrien alle wie aus einem Mund.
Roma zuckte die Achseln, tauchte den breiten Pinsel in den Kleistertopf, warf den Kleister mit Schwung auf die Tapetenbahn und stimmte ein neues Lied an:

Ein Haus voll Glorie schauet
weit über alle Land,
aus ew'gem Stein erbauet…

von Gottes Meisterhand

…ertönte eine volle Baritonstimme. Die Köpfe flogen alle zur Tür. Da stand der große Schäfer und schmetterte:

Gott, wir loben dich,
Gott, wir preisen dich!

Roma stimmte ein:

Oh, lass im Hause dein
uns all geborgen sein!

Die vier andern stöhnten, ächzten.
„Widerlich, dieser Triumphalismus!“, giftete Helvetia.
Roma scherte sich nicht um diese Einwürfe und begrüßte den Eintretenden.
„Willkommen in unserem Haus“, sagte sie betont freundlich mit einer kleinen Verneigung, „Herr…, Herr….?“

„Ludwig ist mein Name, Gnädigste, einfach Ludwig."
„Vor- oder Familienname?", hakte Roma nach.
„Ach, das bleibt gleich", war die Antwort, „Ludwig genügt."
„Mein Herr", redete Roma Aeterna sofort drauf los, froh, die lästige Arbeit unterbrechen zu können, „Sie sind ein katholischer Profi, darf ich mal vermuten?"
„Nein", sagte der Riese, während er seinen breitkrempigen Hut abnahm und trotz seiner vierzig Jahre ein dicker, grauer Haarschopf sichtbar wurde, „nein, ich war aber auf dem Weg dazu, doch man hat mich leider nicht gewollt."
„Wie soll ich das verstehen?", Romas Ärger war nicht gespielt, „Sie haben eine imposante Statur, eine wunderbare Stimme und viel Ausstrahlung. Solche Männer braucht Ecclesia!"
„Ja", meinte der Angesprochene zögernd, „wenn da nicht ein gewisses Hindernis wäre", er deutete auf seine Augen, „ich bin nämlich fast blind."
„Ach so", Roma sackte plötzlich in sich zusammen und fragte vorsichtig, „dann haben Sie nicht Theologie studiert?"
„Im dritten Semester erklärte man mir unmissverständlich, dass ich zwar studieren könne, aber einen Arbeitsplatz würde man mir keinesfalls anbieten."
„Wegen der Augen?", Roma war verlegen und leise geworden.
„Nein", war die spöttische Antwort, „also, so direkt hat man den Grund nicht benannt, aber man wollte mich vor Enttäuschungen bewahren. Das klang doch viel besser, so fürsorglich."
„Und dann, was haben Sie dann gemacht?", Roma war es sichtlich unbehaglich geworden.
„Nun", lachte der Schäfer, „ich habe Musik studiert und bin jetzt Musiker und Schäfer."
„Schäfer? Aber muss man da nicht gut sehen können?"
„Tja", war die Antwort, „mein Meister ist da anders. Er meint, dass ich ein guter Hirte bin. Jedenfalls arbeiten wir schon drei Jahre zusammen. Im Sommer bin ich Schäfer, da komme ich an die frische Luft, im Winter sitze ich an der Orgel."
„Sie sagen *Meister*", bohrte Roma neugierig weiter, „ein ungewöhnlicher Begriff, Sie meinen wohl *Chef*?"
„Nein", war die sehr bestimmte Antwort, „ich sage *Meister*, das ist mehr als *Chef*."
„Ah, ist das nicht dieser junge, dunkle, gut aussehende Typ, der gestern hier mit seiner Herde durchgezogen ist?", plapperte Daisy drauflos.

„Ja“, sagte der Riese betont ruhig und langsam, „das ist mein Meister.“
„Aber, er erscheint mir etwas zu jung für diesen Titel“, korrigierte Marta, „*Meister* verwendet man für spirituelle Lehrer, die ein gewisses Alter haben.“
„Stimmt“, sagte der Große ganz ruhig, „er ist auch spiritueller Lehrer.“

„Der?“, Helvetia schüttelte den Kopf, „der sieht doch aus wie einer dieser syrischen Flüchtlinge. Also, ich dachte schon: Respekt! Da hat einer seine Chance erkannt und will nicht gleich studieren sondern beginnt in einem handfesten Beruf. Als Syrer spricht er vielleicht Aramäisch?“ Und dann fügte sie belehrend hinzu: „Aramäisch ist die Sprache Jesu.“
„Stimmt“, sagte wieder der Große
„Sie sind aber wortkarg“, nörgelte Ludmilla, „also, spricht er jetzt Aramäisch oder auch Deutsch?“
„Beides“, war die Antwort, „ach übrigens, Sie können uns gerne mal besuchen. Wir rasten momentan hinter dem Gewerbegebiet. Ich glaube, mein Meister würde sich freuen, Sie kennenzulernen.“

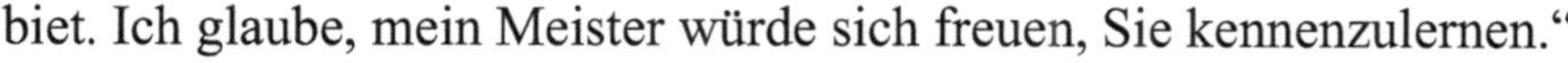

„Ein andermal“, bog Marta schnell ab, „wissen Sie, wir müssen erstmal hier mit unserer Arbeit vorankommen, und Schafe, also real, meine ich - naja, sind nicht so ganz unser Metier. In vier Tagen eröffnen wir. Wollen Sie und Ihr Meister nicht mal vorbeikommen?“
„Mal sehen, kann schon sein“, war die Antwort. Dann hob der fast Blinde seinen Stock, setzte seinen Hut auf und machte sich auf seinen Weg.
„Komischer Typ“, sagte Marta, „aber weiter geht‘s, Mädels! Wir singen mal was Evangelisches.“
Roma war aus ihren Gedanken aufgeschreckt: „Bloß nicht! Womöglich *Ein feste Burg ist unser Gott*.“
„Wir haben uns auch weiterentwickelt“, war die trotzige Entgegnung. Und dann stimmte Marta mit silberhellem Sopran an:

Danke für diesen guten Morgen,
danke für jeden neuen Tag,
danke, dass ich als meine Sorgen

auf dich werfen mag..

Sofort stimmten Daisy und Helvetia ein, während Roma brummte: „Unmöglicher Rhythmus! Wie soll man daraufhin arbeiten?“ Dann packte sie ihren großen Pinsel, tauchte ihn unverdrossen in den Kleistertopf und tönte mit kraftvoller Altstimme:

Gar herrlich ist's bekränzet
mit starker Türme Wehr,
und oben hoch erglänzet
des Kreuzes Zeichen her.

Nur Ludmilla hielt sich völlig raus aus dem Sängerkrieg. Sie hatte dafür überhaupt kein Verständnis und pries insgeheim den Herrn, dass sie orthodox und damit rechtgläubig war.

Verlassen wir die streitbaren Damen, liebe Leser und Leserinnen, und schauen wir uns im Kebab-Imbiss ISTANBUL um. Diese kleine Imbissbude am Ende des Gewerbegebietes wurde von Fatima Öztürk und Sohn Mustafa betrieben. In der Mittagszeit standen viele Schlange, danach war das Hauptgeschäft vorbei, nur ab und zu kamen noch Einzelgäste. Dafür war bei Sarah Rosenberg Hochbetrieb. In gewisser Weise ergänzten sich also Imbiss und Café. Aber die beiden Frauen blieben auf Distanz, man vermied ein Zusammentreffen, und jede war froh, am anderen Ende des Gewerbegebietes beheimatet zu sein.

Die Fünf arbeiteten fleißig durch, bis Helvetia am Spätnachmittag rief: „Schluss Mädels, für heute haben wir unser Tagewerk getan. Nun sollten wir uns stärken. Ich schlage vor, dass wir im ISTANBUL-Imbiss einkehren, Ihr seid heute eingeladen.“
„Hört, hört“, lenkte Roma die Aufmerksamkeit auf sich, „und ich habe noch eine Überraschung für Euch. Aber lasst uns zuerst essen.“
Fatima freute sich über die unerwarteten Gäste und scheuchte gleich Sohn Mustafa in die Küche. Sie war eine temperamentvolle Frau, Mitte Fünfzig, tatkräftig und selbstbewusst. So trat sie auf die Gäste zu, nahm die Bestellung auf und schrie diese in die Küche.
Nachdem die Getränke serviert waren, nahm Roma einen großen Schluck Bier und verkündete: „Meine lieben Schwestern, es gibt Neuigkeiten, sehr gute Neuigkeiten.“

Vier Köpfe stießen nach vorn, gespannte Aufmerksamkeit machte sich breit. Und nun berichtete Roma von ihrem Gespräch mit Heinrich Manteuffel und seiner Idee eines völlig neuen Verkaufsangebots. Zunächst war Stille.
„Das muss ich erstmal sacken lassen“, meinte Marta.
„Keine Ikonen, keine Kerzen?“, jammerte Ludmilla.
„Doch, doch“, beruhigte Roma, „ein Zusatzangebot. Warum nicht?“
Nachdenklich kommentierte Marta: „Manteuffel hat Recht: Wir müssen aktuell, biologisch, respektvoll, achtsam und transparent sein! Jawohl, dieses Angebot ist optimal!“
„Was ist das für ein Quatsch?“, maulte Ludmilla.
Nun war Daisy aufgewacht: „Ja, warum nicht? Natürlich muss es auch ein breites Bibelangebot, Gospel-CDs und Meditationsbücher geben. Also, ich bin einverstanden.“
Nun, was soll ich sagen, Romas Vorschlag wurde wohlwollend aufgenommen, und jede hatte noch Ideen, konfessionelle Spezialangebote beizusteuern. Roma notierte sich schnell: *Heiliger Antonius nicht vergessen!* Neulich hatte sie Mini-Antonius-Figuren fürs Portemonnaie gesehen – der Patron der Schlamper sorgte stets für einen guten Umsatz.

Dann kam das Essen. Fatima servierte, und sofort breitete sich ein gefräßiges Schweigen aus. Hinter der Theke entspann sich zwischen Mutter und Sohn ein hitziges Gespräch, das immer lauter wurde und bald die Aufmerksamkeit der Fünf erregte. Mustafa verschwand in die Küche, Fatima folgte ihm erregt debattierend. - Gestärkt bestellten die Glaubensschwestern weitere Getränke, und nach einigem Rufen kam Fatima an ihren Tisch. Sie nahm die Bestellungen mit hochrotem Kopf auf, servierte dann, blieb stehen, holte tief Luft und schrie: „Mustafa, komm hierher!“
Gesenkten Hauptes erschien Mustafa am Tisch, verschränkte die Arme und sah seine Mutter grimmig an. Diese hob den Finger und sagte im Befehlston: „Du dolmetschen!“
Dann folgte ein Redeschwall, der ihrem Sohn sichtlich peinlich war. Er stoppte seine Mutter mit einer Handbewegung, räusperte sich und meinte dann ziemlich verlegen: „Also, meine Mutter hat Ihr Gespräch vorhin mitgehört. Leider ist sie ziemlich neugierig.“
„Mustafa!“, drohte Fatima, „du dolmetschen, du nix über mich blabla! Ich Deutsch sprechen schlecht, aber Deutsch verstehen, ich kann.“
„Ja, Mutter“, beruhigte Mustafa sie, „also, meine Mutter will Sie vor Herrn Manteuffel warnen. Er sei kein guter Mensch, er wäre überhaupt kein Mensch.“ – Pause.

„Ja, was ist er dann?“, fragte Daisy mit runden Augen.
„Schejtan!“, schrie Fatima, „Manteuffel sein Schejtan!“
„Der Teufel?“, flüsterte Daisy
Marta winkte überlegen ab: „Ach nein, sowas glauben wir heute nicht mehr. Das ist theologisch auch nicht haltbar: Gott, äh, Allah ist alleinmächtig. Das Böse“, sie sprach bewusst langsam und deutlich, untermalte das gesprochene Wort mit Gestik, „also, das Böse, das ist in uns, in unseren Herzen“, sie zeigte aufs Herz, „in unsern Gedanken“, sie zeigte auf den Kopf, „und in unserer Sprache“, sie zeigte auf den Mund.
Roma und Ludmilla hatten sich zurückgelehnt, ihre Körpersprache signalisierte: *Wer weiß???* Helvetia blieb, wie immer, cool, während Daisy sich bedenklich einem hysterischen Anfall näherte.
„Satan ist unter uns“, flüsterte sie schockiert, dann laut, „Luzifer hat uns heimgesucht! Armageddon naht!“ Sie schrie auf und begann Unverständliches von sich zu geben.
„Zungenreden“, sagte Roma gelangweilt, „haben wir ziemlich bald abgeschafft.“
Daisy steigerte sich immer mehr in Trance, bis Helvetia sie an beiden Schultern packte und schüttelte, was die Sache nicht besser machte, sogar intensivierte. Daisy begann zu schreien. Da holte Ludmilla aus und verpasste ihr zwei deftige Ohrfeigen. Sofort hörte Daisy auf, schaute sich um und sagte in ganz normalem Ton: „Was ist los?“
„Der Teufel“, antwortete Roma lakonisch.
„Du nicht glauben!“, schrie Fatima und ließ eine türkische Wortkaskade los, ihr Sohn übersetzte sofort: „Der Vorgänger auf diesem Gelände, wo Sie gepachtet haben, ist abgebrannt, und der Vor-Vorgänger auch. Und davor, sagt meine Mutter – also, da waren wir noch nicht da – hat es auch gebrannt.“
Die Stimmen überschlugen sich, jede wollte gehört werden. Tumult brach aus. Wir kürzen die Szene mal wieder ab, indem wir Ihnen, geschätzte Leser und geschätzte Leserinnen, das Résumé mitteilen: Wie bekämpfe ich den Satan?
Helvetia: „Am Geschäft beteiligen und ihn betrügen!“
Marta: „Diskutieren und bekehren!“
Ludmilla: „Ausräuchern und totbeten!“
Daisy: „Gospels singen bis zum Wahnsinn!“
Roma: „Die Show stehlen!“

Nur Fatima saß still dabei und sagte immer wieder vor sich hin: „Kismet, Kismet, Inshallah!“

VI. ERÖFFNUNG

Teufel hin oder her: Die fünf Damen ließen sich nicht von ihren Plänen abbringen und konzentrierten sich auf Einkauf, Anlieferung der Ware, Finanzen und Präsentation.
„Wenn er aber wirklich der Teufel ist?“, fragte Daisy zaghaft.
Roma lachte kurz und siegesgewiss auf: „Da hab ich ein altes Hausmittel.“ Sie zog aus ihrer Handtasche ein Fläschchen hervor, das mit der Lourdes-Madonna geschmückt war, drehte den Verschluss ab und versprühte Wasser.
„Igitt, Weihwasser!“, schrie Daisy.
„Stell dich nicht so an!“, wetterte Roma, „Was hast du zu bieten? Ach ja, Gospel – bitte verschone mich!“
Marta trat sofort zwischen die beiden Streithennen und versuchte professionell vernünftig zu schlichten. „Pah!“, war Romas Kommentar, und sie verspritzte nochmal eine große Ladung Weihwasser in den Verkaufsräumen. Ludmilla zog ein kleines Weihrauchfass heraus und inzensierte.
Neben dem Angebot vom und fürs Schaf hatte jede ein eigenes, konfessionelles Eckchen: Daisy die Bibeln, auch in einfacher Sprache, die geliebten Gospel-CDs, Marta theologische Fachliteratur im Wettstreit mit Helvetia, die sich nicht einmal überwinden konnte, ICHTYS-Aufkleber auszulegen – das war für sie alles unnützer, ja, heidnischer Kram – während Roma in Devotionalien geradezu schwelgte. Kerzen, Rosenkränze, Weihwasser, Heiligenfiguren, besonders hervorgehoben der heilige Antonius, aber auch theologische Literatur. Die schönste Ecke war bei Ludmilla zu finden, mit handgemalten Ikonen und Weihrauch in allen Varianten. Das Angebot war opulent, geschmackvoll präsentiert, und stolz setzten sich die fünf in Pose. Zur Eröffnung hatten sie sogar einen Fotografen bestellt, der sie in holder Eintracht, Arm in Arm ablichtete.

„Nun, ich denke, wir dürfen zufrieden sein“, sagte Helvetia mit Nachdruck, „in kurzer Zeit haben wir ein solides, ökumenisches Angebot geschaffen. Wir sind auf einem guten Weg.“
Nur eines irritierte alle, obwohl keine davon sprach: Schweigen aus den Smartphones, Rafael hatte sich seit Tagen nicht mehr gemeldet, das Display blieb schwarz und stumm. Versuche, Kontakt aufzunehmen, blieben erfolglos. Vielleicht war Rafael einfach zu stark beschäftigt, mit Sicherheit hatte er noch andere Aufgaben. So beruhigte sich jede insgeheim, wenn der Gedanke an ihn auftauchte.

Die Hälfte der Wüstenzeit war vorbei, also musste die Geschäftsführung gewechselt werden, Roma war dran. Pech für Helvetia, die den ganzen Aufbau gemeistert hatte, und sie konnte es sich nicht verkneifen, eine anti-römische Attacke auszufahren. Roma blieb ruhig, brauste nicht auf, musste aber wieder mal das Petrusamt hervorheben. „Nur die römische Kirche besitzt die Schlüssel zum Himmelreich", kommentierte sie Helvetias Ausbruch.
Würde Manteuffel kommen? War er wirklich der Teufel, Schejtan? Marta lächelte überlegen und schüttelte den Kopf: „Nein!" Helvetia gab sich bedeckt, äußerte sich zu diesem Thema überhaupt nicht. Roma war ausnahmsweise mal undurchsichtig und hielt sich in der Argumentation alle Türen offen. Ausgerechnet Daisy Lovecraft und Ludmilla Bogumilova bildeten die Fraktion, die eindeutig für die Teufelsexistenz eintrat.

Und dann kam er wirklich: Manteuffel, Mephisto, oder vielleicht doch nur ein Unterteufel? Liebe Leserinnen und Leser, also, mal ehrlich: Zum Satan taugte diese Figur mit einem Meter sechzig, Halbglatze, runder Brille, einer dicken Nase und seinem Redeschwall wirklich nicht – übrigens, er berlinerte. Daisy und Ludmilla zogen sich sofort hinter die Verkaufsstände zurück, während Roma ihm betont lässig und überlegen gegenübertrat.
„Ah, die Damen haben meinen Rat befolgt.", lobte er sich gleich mit, während sein Blick über das Sortiment schweifte, „Passabel, passabel! Ja, da hätte sogar ich Lust, einzukaufen." Ludmilla hielt ihm provokant eine Ikone hin, Manteuffel rang sich ein gequältes Lächeln ab und beeilte sich, zur Abteilung Schafsfelle zu kommen. „Sieh da", war sein Kommentar, „welch weiche und angenehme Ware. So hab ich es gerne, wenn den Schafen das Fell abgezogen wird, ein Genuss für unsereinen." Wen meinte er mit *unsereinen*? Sogar Helvetia kam leicht ins Schlingern, und etwas Beklemmung stieg in ihr auf.
Inzwischen füllten sich die weiträumigen Verkaufsstände. Überall Schafszüchter, Schäfer, Wollverkäufer, Strickerinnen. Die Stunden verflogen im Nu, und alle fünf waren durchweg beschäftigt. So entging ihnen längere Zeit, dass Herr Ludwig, der große Schäfer, der fast Blinde, auch gekommen war. Was macht aber so einer in der Verkaufsausstellung? Sah der überhaupt etwas? Und jetzt, unglaublich: Er fotografierte mit seinem Smartphone. Das ist doch unerhört! Ein Blinder fotografiert? Oder war die Blindheit vielleicht nur gespielt? Daisy tuschelte mit Ludmilla, und beide nahmen sich vor, den Menschen zur Rede zu stellen.
„Schwindelbehinderter, ganz klar", stellte Daisy fest.

„Heutzutage haben die Leute nicht mal Respekt vor Behinderungen“, ergänzte Ludmilla.
Inzwischen war der große Schäfer ganz vertieft ins Fotografieren und bemerkte die beiden erst, als sie vor ihm standen und ihn gleich überfielen: „Wieso fotografieren Sie? Als Blinder ist das doch unmöglich.“
Herr Ludwig lächelte: „Ich sehe mit meinem Verstand, nicht mit den Augen.“
„Wie das?“, Daisy war verunsichert, „mit den Augen sieht man, und mit dem Verstand erkennt man.“
„Genau“, sagte der seltsame Schäfer und zog zwei Pappbrillen aus seinem weiten Mantel. „Sehen Sie mal wie ich!“, war seine Antwort.
Gehorsam setzten die beiden die Brillen auf – und erstarrten.
Daisy schrie fast: „Aber, da sieht man ja rein gar nichts, dichter Nebel!“
Und Ludmilla brummte: „Eine grau-gelbe Suppe, einfach schrecklich!“
Herr Ludwig lächelte: „Sehen Sie, meine Damen, das ist der Unterschied zwischen uns. Sie sehen mit den Augen, ich mit dem Verstand. – Nein, bitte lassen Sie die Brille auf der Nase, wenigstens so lange, wie wir miteinander sprechen, dann sind wir in der gleichen Welt!“
Gehorsam senkten Daisy und Ludmilla ihre Hände, die schon bereit gewesen waren, die Brillen von den Nasen zu reißen.
„Einfach scheußlich“, murmelte Ludmilla, „wie soll man so herumlaufen? Ich verstehe nicht, warum Sie keinen Blindenstock benutzen.“
„Nun, ich sehe ja schon etwas“, war die Antwort, „für Sie ist das zu wenig, aber ich kann mich damit orientieren. Mein Gehirn hat von früh an gelernt, die wenigen Informationen so zu verarbeiten, dass ich mich weitgehend selbstbestimmt bewegen kann. Ich sehe nur Umrisse, kaum Gesichter, keine Mimik, aber dafür erkenne ich die Menschen an ihrer Stimme. Meine Welt ist so, und ich habe mich darin eingerichtet. Ja, ich darf sagen; Fast-Blindheit hat auch merkwürdige Vorteile. Meine Welt liegt sozusagen im Inneren, Ihre im Äußeren, denn die menschliche Wahrnehmung funktioniert zu achtzig Prozent über die Augen.“
Gerade in diesem Moment tauchte Heinrich Manteuffel aus dem Gewühle auf. Anscheinend wollte er sich auf die beiden Glaubensschwestern stürzen, als er aber den großen Schäfer registrierte, zuckte er wieder merkwürdig zusammen und schlug einen weiten Bogen um die drei.
„Es riecht komisch, irgendwie angebrannt“, bemerkte Ludmilla.
„Nicht angebrannt, es riecht nach Schwefel“, berichtigte Herr Ludwig gelassen.

Daisy hob die Nase: „Also, Sie erkennen keine Gesichter, gut. Und was mache ich jetzt?“ Sie streckte dem Fast-Blinden wahrhaftig die Zunge heraus.
Dieser zögerte einen Moment und lachte: „Da hat sich in der Mitte etwas verändert, eine Art Fleck ist entstanden. Strecken Sie mir die Zunge heraus?“
Daisy wurde puterrot, Ludmilla stieß sie mit dem Ellenbogen an und schüttelte missbilligend den Kopf. „Äh, ja stimmt“, stotterte Daisy, dann fasste sie sich schnell und lenkte ab: „Darf ich Ihre Fotos sehen?“
Bereitwillig zeigte ihr der merkwürdige Schäfer die Fotos auf seinem Smartphone. Es waren unauffällige Bilder, keineswegs schräg oder verschwommen.
„Das verstehe wer will“, seufzte Daisy.
Ludmilla hakte ein: „Warum fotografieren Sie? So außergewöhnlich ist unser Angebot auch nicht.“
„Mein Meister wollte, dass ich fotografiere“, war die Antwort.
„*Meister*, wie das klingt“, moserte Ludmilla, „warum kommt er nicht selbst?“
„Nun, einer muss bei den Schafen bleiben, er ist der Hirte.“
„Das hört sich schon an wie Psalm 23“, spottete Ludmilla.
„Genau“, war die Antwort.
Jetzt schwiegen die beiden verlegen, und Herr Ludwig benutzte dies zu seinem Abgang. Er hob kurz den breiten Schäferhut und sagte freundlich: „Bis morgen.“
„Bis morgen“, echoten die beiden und blieben mit ungestillter Neugierde zurück.

VII. EIN DENKWÜRDIGER BESUCH

Die nächsten Tage waren angefüllt mit Kundenwerbung, Gesprächen, Verbesserungen und der Anlieferung neuer Waren. Immer noch hatte sich Rafael nicht gemeldet. Langsam waren die Fünf pikiert. Hatten sie die Wüstenwanderung bisher nicht hervorragend gemeistert? Also, etwas Lob wäre angebracht gewesen – so die stille Meinung der Glaubensschwestern. Manteuffel war täglich da. Stets freundlich, eloquent und auch witzig scharwenzelte er um die Schwestern herum.

„Der Teufel ist ein Eichhörnchen“, knurrte Roma, „was will er nur?“

„Was heißt das?“, schreckte Daisy auf, „Teufel? Eichhörnchen? Wie kannst du diese niedlichen Tiere mit dem Teufel vergleichen?“

Nicht nur Roma seufzte auf und hob die Augen zum Himmel, auch Marta und Helvetia. Dann packte Roma der Zorn, sie stemmte die Hände in die Hüften, vergaß ihre Contenance und ließ ihrem Ärger freien Lauf: „Daisy, du wirst es nicht glauben, aber die Welt ist nicht so simpel, wie du sie dir zusammengebastelt hast. Dein Schwarz-Weiß-Denken ist einfach unerträglich! Ja, der Teufel ist ein Eichhörnchen! Und was will der Volksmund damit sagen? Der Teufel kommt nicht in einer Schreckensgestalt, wie in diesen evangelikalen Predigten. Der Teufel kommt nett, niedlich, bezaubernd daher, er umgarnt unseren Verstand, unsere Seele, und wir erkennen nicht, wer er ist. Wir gehen ihm auf den Leim. In der alten Stillleben-Malerei wurden oft Nüsse knabbernde Eichhörnchen dargestellt, die sich auch an einer Obstschale gütlich taten. Meistens trugen sie noch eine zerrissene Kette. In der damaligen Bildersprache hieß das: der Teufel ist los. *Ach schau, wie niedlich ist das Eichhörnchen!* – Hallo! Willst du nicht endlich mal kapieren, dass es hinter Worten und Dingen eine andere Realität gibt als dieses platte JESUS LIEBT DICH-Denken?“

Marta und Helvetia klatschten spontan Beifall, aber Daisy Lovecraft hielt stand: „Danke für diese Belehrung, Frau Oberschulmeisterin. Du spielst auf mein Bibelverständnis an? Weißt du was, Ihr habt mit der historisch-kritischen Methode und diesem Psycho-Kult das Evangelium verwässert, verfälscht, jawohl!“

Roma drehte sich zu Marta und Helvetia um und bemerkte trocken: „Ist sie vielleicht zum Islam konvertiert? Die beschuldigen doch auch die Juden und Christen, die Schrift verfälscht zu haben.“

„Geh mir fort mit dieser Wissenschaft, die macht alles nur komplizierter, und zum Schluss weiß man überhaupt nicht mehr, was man glauben soll!

Ich halte mich an das ewige, wahre Wort GOTTES!“, rief Daisy pathetisch aus.
Marta und Helvetia winkten ab, drehten sich um und sahen, wie Heinrich Manteuffel auf sie zukam. „Schejtan!“, flüsterte Ludmilla Bogumilova und griff nach ihrem Brustkreuz.
„Meine Damen, so erregt, so leidenschaftlich im Gespräch? Da werde ich doch neugierig, was Sie so aufbringt.“
„Ähm, ja, nun, es sind interne, theologische Meinungsverschiedenheiten“, versuchte Marta gleich zu beschwichtigen, „sie sind uninteressant.“
„Aber nein“, versuchte Manteuffel in die Debatte einzusteigen, „also mir, als theologisch wenig Gebildetem, ist es zum Beispiel unverständlich, wie man die Evolutionslehre leugnen kann und glauben, dass der liebe Gott die Welt in sechs Tagen erschaffen hat.“
Daisy nickte voller Überzeugung, während Roma fast aufschrie: „Oh nein! Bitte nicht dieses Thema! Da bekomme ich Bluthochdruck und Pickel! – Da, seht mal, da drüben; der große Schäfer ist da und sein Meister. Sie entschuldigen uns, Herr Manteuffel, aber Kundschaft geht vor, das werden Sie verstehen.“ Und schon eilte Roma zu den Genannten hinüber, im Schlepptau die vier anderen Schwestern, die froh waren, Manteuffel entkommen zu sein. Dieser bleib verärgert zurück, und plötzlich machte er auf dem Absatz kehrt und verließ fluchtartig die Verkaufsräume. Zurück blieb wieder dieser merkwürdige Geruch. War es wirklich Schwefel?
Wenden wir uns nun, liebe Leser und liebe Leserinnen, den fünf Damen und den beiden Schäfern zu. Der Meister war wirklich eine auffallende Erscheinung, neben dem großen und massigen Riesen wirkte er geradezu zierlich, obwohl er bestimmt einen Meter achtzig groß war, jedoch schlank, fast feingliedrig, ein schmales Gesicht, und jung war er auch, so ungefähr Anfang Dreißig. Ganz klar war er Orientale, hatte ein markantes Profil, sehr dunkle Augen und tiefbraune Haare und Bart.
„Willkommen in unseren Verkaufsräumen“, begrüßte ihn Marta Gottstreu, „wir freuen uns, Sie und Herrn…“
„…Ludwig“, assistierte der Große.
„…ja, Herrn Ludwig begrüßen zu dürfen. Er hat uns schon einiges von Ihnen berichtet, dass Sie neben dem Schäferberuf auch spiritueller Lehrer sind. Habe ich das richtig verstanden?“
Der Angesprochene schaute konzentriert mit seinen schwarzen Augen auf Marta und hatte aufmerksam zugehört, er sagte aber nichts, lächelte nur und nickte.

„Sie kommen aus dem Nahen Osten, aus Syrien?", versuchte Helvetia einen Zugang zu finden, „but perhaps, we should speak English?"
Jetzt lachte der Meister und entgegnete in makellosem Deutsch: „Nicht nötig, ich spreche Deutsch so gut wie Aramäisch."
„Aber wer passt jetzt auf die Schafe auf, wenn Sie beide hier sind?", platzte Daisy heraus.
„Oh, kein Problem. Mein Knecht, nein Entschuldigung, Mitarbeiter sagt man wohl, ist bei den Schafen."
„Dann sind Sie zu dritt?"
„Eigentlich zu zweit, nur ab und zu brauchen wir Verstärkung."
„Ja", versuchte Helvetia nun das Gespräch in die gewünschte Richtung zu lenken, „vielleicht wollen Sie unser Sortiment kennenlernen? Also, hier stehen wir vor wichtigen Hilfsmitteln für die Schafzucht, Fanghaken mit Hals- und Beinfang, Schermesser, Ohrmarkenzangen, Elektroschafscheren, Halsbänder – alles, was das Schaf braucht."
Der Meister blieb höflich, zeigte jedoch kein Interesse. „Nein, nein", meinte er dann, „was ich suche ist Licht. Die Schafe brauchen viel Licht."
„Wir haben eine hochwertige Karbidlampe, darf ich sie Ihnen zeigen?"
Doch der Meister schritt auf Romas Devotionalienabteilung zu und deutete auf zwei altmodische Stalllampen, die mit Kerzen bestückt waren. Roma versuchte aufzuklären: „Es handelt sich hier um Dekorationsgegenstände, mein Herr, und offenes Feuer ist auch immer eine Brandgefahr." Dann traf sie der Blick aus dunklen Augen, und sie verstummte verstört. Ihre übliche Schlagfertigkeit und Argumentationsstärke waren plötzlich dahin.

Jetzt drehte Ludmilla auf, die ihre Chance witterte: „Ich glaube, mein Angebot wird Sie erfreuen. Schauen Sie mal auf diese wunderschönen Ikonen."
Der Meister näherte sich langsam den Ikonen, dann zog über sein ernstes Gesicht ein Lächeln. Er streckte die Hand aus: „Diese, diese nehme ich mit." Gemeint war eine kleine Ikone mit einem Engel, der einen jungen Mann begleitete.

„Ähm, das ist der Erzengel Rafael“, erklärte Ludmilla, „er hat den jungen Tobias zu seiner Braut begleitet. Aber ehrlich gesagt weiß ich nicht, was dieser Fisch für eine Bedeutung hat, den er in der Hand hält.“
„Vom Fisch kommt das Heil“, erklärte der Meister, „mit den Innereien des Fischs konnte Tobias‘ Vater Tobit von seiner Blindheit geheilt werden.“
„Soso, interessant“, murmelte Ludmilla, „also, der Fisch bedeutet Heil?“
„Das muss man metaphorisch verstehen“, schaltete sich Marta ein, „Die Blindheit ist auch ein Bild für Nicht-Erkenntnis, und die Heilung des Vaters ist eine Heilung im Geist. Diese ganzen Heilungen sind nur Bilder, nicht konkret zu verstehen.“
„Warst du dabei?“, zischte Daisy, „Klugscheißerin!“
Inzwischen war der junge Schäfer weitergegangen und blieb bei Martas Auslagen stehen. „Hier, davon nehme ich zwanzig Stück mit“, sagte er und deutete auf kleine Öllampen in ICHTYS-Form. Dann kaufte er bei Daisy eine Gospel-CD – sie strahlte wie ein frisch gewienerter Putzeimer – und erstand bei Helvetia ein seltsames Buch mit dem Titel *Der Herr ist kein Hirte*[1]. Was sollte das? Der Meister lächelte ironisch, als er darin blätterte. Der Fast-Blinde zuckte eine altmodische Geldbörse und zahlte.
„Wir haben heute ein kleines Abendessen bestellt bei Sarah Rosenberg“, meinte der Meister, „wenn Sie wollen, dann kommen Sie nachher einfach vorbei.“ Er verbeugte sich leicht und ging mit diesem entschiedenen und doch unbeschwerten Schritt dem Ausgang zu. Die Fünf standen schweigend, etwas verstört, bis er ihren Augen entschwand. Helvetia war es, die mit ihrer pragmatischen Art einen Übergang ins Hier und Jetzt versuchte:
„Respektabel, der junge Mann, er wirkt doch recht gebildet. Und sein aktzentfreies Deutsch. Warum studiert er nicht? Also, alle Flüchtlinge, die ich bisher gehört habe, wollen studieren, und ausgerechnet der arbeitet als Schäfer. Ist das nicht unter seiner Qualifikation? Andere nutzen das Sozialsystem aus und leben mit Harz IV anstatt körperlich zu arbeiten.“
„Jesus war ein Zimmermann, oder sagen wir mal, ein Bauhandwerker“, warf Marta ein, „der war sich auch zu nichts zu schade. Und er hat fast nur Dörfer besucht, Jerusalem ausgenommen. Ein Rätsel, wie so einer eine Weltreligion begründen konnte, dabei war er Jude und hat nicht mal an eine neue Religion gedacht. Er wollte nur das Gesetz erfüllen.“
„Ist schon gut, Marta‘“, schnitt ihr Roma das Wort ab, „vielleicht kannst auch du irgendwann einmal einsehen, dass man nicht alles aufdröseln und erklären kann.“

---

[1] Hitchens, Christopher: Der Herr ist kein Hirte – Wie Religion die Welt vergiftet, München 2007

„Gehen wir zur Arbeit“, versuchte Helvetia den Streitpegel zu senken. Und so wandten sich alle wieder ihren Verkaufsständen zu, in Gedanken waren sie aber bei dem seltsamen Meister.

Auch dieser Tag war finanziell recht erfolgreich. Alle strahlten beim Kassensturz und freuten sich auf das bevorstehende Wochenende.
„Endlich raus aus diesen schrecklichen Pumps!“, stöhnte Ludmilla und streifte die hochhackigen Schuhe ab. Unkompliziert wie immer ging sie barfuß und schnellen Schritts übers Gelände, die andern folgten ihr schweigend. Daisy hatte die Einladung bei Sarah Rosenberg nicht vergessen, sie strebte dem *Café Zion* zu.
„Willkommen“, rief Sarah Rosenberg und öffnete weit die Tür, „mein Ur – Ur- Großneffe erwartet Euch schon.“
Marta schlug sich mit der flachen Hand auf die Stirn: „Natürlich! Jetzt weiß ich, wo ich den Meister schon einmal gesehen habe.“
Roma verzog das Gesicht: „Frau Oberschlau, du bist wohl die einzige, die ihn nicht erkannt hat. Manchmal muss ich schon Daisy Recht geben, zu viel Wissen kann den Blick vernebeln.“ Marta holte tief Luft und wollte aufbrausen, aber Helvetia gebot ihr mit einer scharfen Bewegung zu schweigen.
In einem Hinterzimmer saßen der Meister und der Fast-Blinde an einem langen Tisch. Alles sah festlich aus, das weiße Tischtuch, der brennende Menorahleuchter, die zwei großen Obstschalen, zwei Karaffen mit Rotwein und Wasser, Lammfleisch, Rucola und Fladenbrot. Der Meister schien erfreut, die fünf Damen zu sehen, er erhob sich, und mit einladender Geste bedeutete er ihnen Platz zu nehmen.
Am Tisch saßen drei Bedienstete aus dem *Café Zion*, Sarah nahm ebenfalls Platz, und es waren noch zwei Stühle frei. Da stand der Gastgeber auf, ging vor die Tür und kam mit Fatima und Mustafa zurück. Sarah und Fatima zuckten leicht zusammen als sich ihre Augen begegneten. Mutter und Sohn zögerten Platz zu nehmen, aber der Meister nötigte sie geradezu. Als sie saßen, stellten die fünf Glaubensschwestern erstaunt fest, dass sie zwölf Gäste waren. „Wie beim Abendmahl“, flüsterte Daisy, die ganz andächtig geworden war.
Dann aber wurde es doch ein ganz normales Abendessen. Herr Ludwig und sein Meister plauderten angeregt mit allen anderen, ließen sich die Alltagsnöte und Bedürfnisse erzählen, warfen auch manches Scherzwort ein. Fatima taute auf, tauschte sich mit Sarah über Rezepte aus, und Mustafa unterhielt sich angeregt mit Daisy.

Es war gegen 21 Uhr als sich Aufbruchsstimmung breitmachte. Der Meister nahm ein Fladenbrot, teilte es in zwei Teile und gab es rechts und links von sich in die Runde. Alle brachen sich ein Stück ab, dann wurde der Becher erhoben, und plötzlich stimmte der Fast-Blinde den 112. Psalm an. – Schweigen, Versenkung – Danach erhob sich der Meister und wünschte allen einen guten Heimweg.
„Ich kann nicht heim“, flüsterte Daisy zu Ludmilla, „ich muss ihm folgen.“ Auch die andern Schwestern konnten sich von den beiden Schäfern nicht trennen. So zog eine kleine Prozession, voran der Meister mit Herrn Ludwig, hinaus aus dem Gewerbegebiet Richtung Schafsherde. Die beiden Schäfer hatten die Kerzen in den altertümlichen Stalllaternen angezündet. Es war eine romantische, ja, bewegende Stimmung.

So kamen sie langsam beim Schafsgatter an. Dort erwartete sie eine schlanke Person. Diese öffnete weit das Gatter und ließ die beiden Schäfer durch – es war Rafael. Er sank aufs Knie und verhüllte seinen Kopf mit dem gewebten Tuch. - Erstarren, ja, Entsetzen erfasste die Fünf. Ludmilla stammelte: „Es ist der HERR.“ Schweigend knieten sie alle nieder und waren tief bewegt.
Als sie wieder aufstanden, stand Rafael vor ihnen, er lächelte und sagte: „Es ist spät geworden heute Abend, und deshalb bringe ich euch ausnahmsweise mit dem Kleinbus in die Stadt zurück.“ Dabei deutete er auf sein ramponiertes Auto. Alle nickten, blieben stumm und trotteten hinter dem Erzengel her.

VIII. KRISENSITZUNG

Wenn Sie, verehrte Leserinnen und Leser, nun denken, dass Friede und Freundschaft unter den Glaubensschwestern ausgebrochen sei, dann, ja dann, liebe Freunde und Freundinnen, liegen Sie völlig falsch.
Am nächsten Morgen, als man sich in den Verkaufsräumen wieder traf, herrschte Hauen und Stechen. Alle redeten gleichzeitig, keine wollte der anderen zuhören, und alle schrien durcheinander ihre Rechtfertigungen heraus. Jede bezichtigte die anderen, dass sie es eigentlich gewusst haben müssten, wer der Meister ist – man selbst aber war völlig unschuldig. Besonders die protestantische Fraktion fiel über die beiden Altgläubigen her.
„Gerade du, Ludmilla, mit deinen tausend Ikonen hättest es wissen müssen!“, und: „Ist die katholische Kirche nicht voll mit seinen Bildern?“, außerdem, „er sieht genauso aus! Himmel noch mal! Waren wir alle blind? ....Mea culpa, mea culpa!“ Roma und Ludmilla waren echt zerknirscht. Ja, stimmte schon, sie tönten immer herum mit ihrer zweitausendjährigen Tradition und der Nachfolge des Herrn, und dann kam er wirklich in Fleisch und Blut – und sie erkannten ihn nicht.
„Wenigstens beim Brotbrechen hätte mir ein Licht aufgehen müssen!“, jammerte Roma, um aber gleich zum Gegenschlag auf Marta auszuholen: „Du aber, du mit deiner ganzen Besserwisserei hast ihn auch nicht erkannt. Auch Daisy nicht, dieses Schaf!“
„Ich bin ein Schaf, ein Schaf!“, schrie Daisy begeistert, „oh, ich bin SEIN Schaf, und ich bin dumm! Ja, ich bekenne: Ich bin dumm und habe IHN nicht erkannt!“
„Nehmen wir uns ein Beispiel an Daisy“, tönte Helvetia dazwischen, „und jede sollte vor ihrer eigenen Tür kehren.“
Ludmilla schluchzte, Daisy war leicht verzückt, Roma versuchte nervös sich eine Zigarette anzuzünden, Marta spielte mit dem Smartphone und Helvetia trommelte mit den Fingern auf dem Tisch.
„Meine Damen, so emphatisch, was ist geschehen?“ Heinrich Manteuffel stand in der Bürotür und lächelte verbindlich.
„Raus!“, schrie Roma, plötzlich total ausgeflippt, „du hast mir den Quatsch mit dem Verkauf *Alles für's Schaf* eingeblasen. Und was hat *er* gekauft: Devotionalien!“
„Roma, mäßige dich!“, Helvetia hatte sich wieder im Griff, „Du kannst nicht sagen, dass wir erfolglos waren. In den letzten Tagen haben wir gut verkauft.“

„Verkaufen, verkaufen!“, schrie Roma außer Rand und Band, „das ist das Wichtigste für dich. Aber wir haben den Herrn verraten, jawohl, verraten!“
„Was regst du dich so auf?“, wunderte sich Marta, „das passt doch zur römischen Kirche und zum Petrusamt – sozusagen gute Tradition.“
Roma brach tatsächlich in Tränen aus, riss ein großes umhäkeltes Taschentuch aus ihrer Handtasche, prustete und schnäuzte sich.
„Da krähte der Hahn“, meinte Ludmilla teilnahmsvoll und legte ihre Hand beruhigend auf Romas Arm. Das hatte aber genau den gegenteiligen Effekt.
„Halt den Mund“, fauchte Roma, „du Schlange, du hältst es immer mit den Mächtigen! Aber wir, wir begehen unseren Verrat wenigstens selbst! Ich berufe mich nicht auf den Zar oder Putin!“
Das Hauen und Stechen ging eine ganze Weile so weiter, und einer genoss es offensichtlich: Heinrich Manteuffel hatte die Arme verschränkt und ließ zufrieden seinen Blick über die Streitenden schweifen. Daisy fiel das zuerst auf, sie deutete auf ihn und sagte mit Grabesstimme: „Da steht er, der Verführer! Wir haben auf ihn gehört, nicht auf den HERRN.“
„Aber, der hat doch gar nichts gesagt, keine Anweisungen geben“, schluchzte Roma und suchte ein neues Taschentuch. Marta reichte ihr ein Päckchen Papiertaschentücher.
„Nein, gesagt hat er nichts, aber gemacht hat er“, murmelte Ludmilla.
„Du meinst, wir sollen auch zu den Schafen gehen?“, Roma klammerte sich an Ludmilla, sie stand ihr eben am nächsten.

„Ja“, schrie Daisy, „so einfach ist das! Wir gehen zu den Schafen!“
Roma war plötzlich total ernüchtert: „Ich mag keine Schafe. Diese dauernde *Mäh, mäh* macht mich aggressiv. Dann rennen die in Massen herum, gucken so blöd, und einige stinken.“
„Aber, wir sind Hirtinnen!“, ermahnte Ludmilla.
„Ja, Hirtinnen meinetwegen, aber das muss man heute metaphorisch sehen“, versuchte Marta die Situation zu retten.
„Metaphorisch“, maulte Ludmilla, „also, der Herr ist ganz konkret bei den Schafen und schläft sogar bei ihnen, verlässt sie nicht.“

Roma schnäuzte sich nochmal gewaltig, sah Manteuffel immer noch in der Tür stehen, streckte den Finger aus und schrie wieder: „Raus!“ Heinrich Manteuffel drehte sich wortlos um und verschwand, zurück blieb nur dieser seltsam brenzlig stinkende Geruch. Und damit, liebe Leser, liebe Leserinnen, ist er auch aus unserer Geschichte verschwunden. Aber diese ist noch nicht zu Ende. Alle spürten, eine Entscheidung nahte: Sie mussten sich den Schafen stellen – und davor graute es allen, nicht nur Roma.

Doch nun strömten die Kunden in die Verkaufshalle, der Alltag forderte seine Pflicht, und sie begaben sich an ihre Arbeitsplätze, versuchten die Fassung zu wahren und das Beste aus der Situation zu machen. Nach Geschäftsschluss trafen sie sich im Büro, man schaute sich zornig und muffig an, schwieg verstockt.
„Was nun?“, dachte Roma laut.
„Ausgerechnet du fragst das?“, motzte Marta.
„Ja, ich frage“, meinte Roma kleinlaut, „Immerhin hab ich den Manteuffel ins Spiel gebracht.“
Daisy schlug auf den Tisch: „Wir gehen zum HERRN! Ja, wir gehen einfach hin und fragen, was wir tun sollen.“
„Du vergisst, dass wir auf einer Wüstenwanderung sind und selbst herausfinden sollten, was wir tun müssen. Wir haben versagt!“, schloss Helvetia düster.
Plötzlich erschienen bei allen, sozusagen vor ihrem geistigen Auge, die Zukunftsbilder: der Petersdom als Oper, die Frauenkirche als Konzerthaus, die Genfer Kathedrale als Kaufhaus…
„Also, ich gehe!“, rief Daisy, schulterte ihren Rucksack und blickte auffordernd in die Runde. Schweigend packten alle ihre Schultertaschen und Rucksäcke, Roma zog ihren Trolly herbei. So verließen sie das Gewerbegebiet Richtung Schafsweide.

IX. NÄCHTLICHER BRAND

Es dämmerte bereits als die Fünf mit gesenkten Köpfen am Gatter standen. Der Meister eilte selbst herbei, öffnete die Tür und ließ sie ein. Sofort drängten sich die Schafe mit *Mäh, mäh* um die Glaubensschwestern. An Romas Spitzenkleid blieb Schafswolle haften, eine Laufmasche machte sich an ihren Strümpfen selbstständig, da ein Schafsbock sie dauernd mit dem Kopf anstieß. Ludmilla wollte gar nicht durch das Gatter eintreten, Marta schrie „Aua", weil ein großes, dickes Schaf ihr auf den Fuß trat, und Helvetia suchte nervös nach ihren Ohrstöpseln, um dem *Mäh, mäh* Geschrei zu entgehen. Nur Daisy rannte begeistert herum, streichelte die Lämmer und redete den Viechern gut zu.

Der Meister nahm dies alles mit Lächeln auf und meinte: „Nun kommt erst mal hier an. Wir setzen uns ans Feuer, Ludwig gibt euch einen kräftigen Tee, und ich freue mich, dass ihr gekommen seid."

„Wir haben versagt, Herr", begann Roma das Gespräch.

„Aber wieso?", war die Entgegnung, „ich denke, ihr habt etwas verstanden, und nun seid ihr hier."

Roma hob die Schultern und seufzte tief auf: „Ja, nun sind wir hier. Aber was sollen wir tun? Ehrlich, Meister, als Schäferin tauge ich nicht. Ich bin zu alt, zu bequem und zu verwöhnt. Wie soll ich es schaffen, tagelang herumzulaufen, im heißen Sommer und im feuchten Herbst? Nein, selbst wenn ich wollte, das ist unmöglich."

„So geht es mir auch", flüsterte Ludmilla.

Der Meister nickte verständnisvoll, schaute die andern drei an. Auch die wichen seinem Blick aus. Helvetia begann als erste: „Ich bin noch nicht so alt wie Roma, aber ich bin ein Stadtmensch, habe keine Ahnung von der Natur, bekomme sofort einen Schnupfen, wenn es etwas kühler wird, und außerdem habe ich keine Geduld."

Der Blick des Schäfers blieb bei Marta haften. Die wand sich hin und her und presste heraus. „Ich bin außerhalb des Wissenschaftsbetriebs einfach unbrauchbar. Garantiert würde ich in der Schäferei alles falsch machen. Ich glaube sogar, dass ich eine Allergie gegen Schafswolle habe."

Nun kam Daisy in den Blick, die gerade ein Lämmchen knuddelte „Also ich, Meister, also ich kann mir schon vorstellen, mit dir zu ziehen", sagte sie ganz unbedarft und mal wieder unüberlegt.

Ein Aufschrei aus vier Kehlen war die Antwort: „Du? – Du hast doch keine Ahnung, du hast keine theologische Bildung. Und mit der Gospel-Singerei werden die Schafe noch ganz irre."

Der Meister erhob die Arme, und es trat Ruhe ein. „Wie wäre es", begann er, „wenn ihr zusammen arbeiten würdet. Ich meine, Roma und Ludmilla könnten das Quartier vorbereiten, die Organisation übernehmen, Marta könnte die Verwaltung regeln und sich in gesundheitliche Fragen einarbeiten, mit ihrer Redekunst die Schafe beruhigen und auch belehren, die sind gar nicht so dumm, wie ihr meint. Helvetia und Daisy sind doch recht fit und könnten mitwandern. Warum sagt ihr *Nein*, wenn es noch keine ausprobiert hat?"

„Aber, aber", begann Marta zaghaft, „ich stelle es mir sehr langweilig vor. So eine untergeordnete Tätigkeit, so etwas hab ich noch nie gemacht."

Jetzt schaltete sich Herr Ludwig ein: „Da möchte ich etwas dazu sagen: Ihr habt doch auch Angst vor der Zukunft, nicht wahr?" Die Fünf nickten und ließen die Köpfe hängen. Dies konnte der Fast-Blinde nicht sehen, aber er hatte seine eigene Wahrnehmung und meinte beruhigend: „Mir ging es doch ähnlich. Ich wurde abgelehnt, niemand wollte mich haben, obwohl ich sehr gut ausgebildet war, sogar studiert hatte. Ihr habt Zweifel an euch, dass ihr den Alltag schafft. Ich hatte diesen Zweifel nicht, aber die anderen trauten mir nichts zu." Roma zog den Kopf ein, versuchte sich kleiner zu machen. „Und nun bin ich bei meinem Meister beschäftigt", fuhr Ludwig fort, „angeblich bin ich überqualifiziert, aber ich sage euch: Ich habe das schönste und erfüllteste Leben und möchte mit niemandem tauschen!" Er hob noch die Hand mit Schwurgebärde und bekräftigte: „Das ist die Wahrheit! Sagt nicht *Nein*, probiert es aus!"

In den Fünf stieg wieder etwas Hoffnung auf, Helvetia wagte den Einwand: „Und unsere Ware, unser Geschäft?"

Als wäre dies ein Stichwort gewesen, gab es einen ohrenbetäubenden Knall, dann ein Prasseln, Zischen, Sprühen und Aufheulen. Hinten im Gewerbegebiet erhob sich ein Riesenfeuerwerk in einer roten Wolke. Aber es war kein Feuerwerk, es war eine Katastrophe. Da flog ein Gebäude in die Luft, und welches war klar. *Alles für's Schaf* löste sich in einem chaotischen Feuerwerk auf. Ein Aufschrei, Helvetia, Marta und Ludmilla rannten zurück, nur Roma und Daisy blieben sitzen.
„Der Teufel hat gesiegt", sagte Roma lakonisch.
„Der HERR hat gesiegt!", verkündete Daisy mit strahlendem Gesicht, während sie das zitternde Lamm an sich drückte.
In der Schafsherde brach Panik aus. Mit viel *Mäh, mäh* rannten die Schafe hin und her, rissen fast das Gatter um. Die Lämmer waren in Gefahr, unter die Hufe der großen Tiere zu kommen. Der Meister und Herr Ludwig sprangen auf und versuchten, die Tiere zu beruhigen. Aber es waren zu viele, sie konnten nicht überall sein. Und plötzlich stand da auch Roma, in ihrem schwarzen, schon leicht beschmutzen Spitzenkleid, griff einen langen Hirtenstock und schaute sich ab, wie die beiden Schäfer die Tiere beruhigten. Und, lieber Leser, liebe Leserin, sie machte es ziemlich geschickt. Daisy rannte umher und rettete die kleinsten Lämmer.
Aber das Höllenfeuer wollte sich nicht beruhigen, es knallte und tobte, die Raketen zischten mit Gejaule in den Himmel, es war regelrecht höllisch. Nach einiger Zeit erlosch der ohrenbetäubende Lärm, und nur noch ein Feuerschein war zu sehen. Mit großem Tatütata war die Feuerwehr angerast, hatte ihr Bestes getan.
Die Vier waren total erschöpft, hatten die Herde erfolgreich am Ausbruch gehindert und die Tiere beruhigt. Roma lag mit zerrissenen Nylonstrümpfen, verlorenen Pumps und einem verdreckten Spitzenkleid auf der Wiese zwischen den Schafen. Sie hielt ein besonders ängstliches Schaf in den Armen, das noch leise *Mäh, mäh* rief und am ganzen Körper zitterte. Auch Daisy hatte Überblick und Geschick bewiesen. Sie bändigte mit Ludwig einen aufgeregten Schafsbock, und um ihn zu beruhigen sang sie wie eine CD mit Sprung *Oh happy day!* – Etwas unpassend, könnte man denken, aber irgendwie besänftigte dies den Schafsbock.
Zerschlagen, schmutzig und völlig zerzaust erschienen Ludmilla, Marta und Helvetia. „Alles weg", sagte Helvetia müde, „wir haben alles verloren." Doch sie blickte in strahlende, ja, glückliche Gesichter. Der Meister verteilte Wasser an die völlig aufgelöste Damentruppe und deutete dann auf den Bauwagen. „Dort könnt ihr den Rest der Nacht schlafen. Ludwig und ich werden

unter freiem Himmel uns zur Ruhe legen. Das Wetter ist angenehm, und wir sind es gewöhnt."

So endete dieser ungewöhnliche Tag, und vom Himmel glänzte golden und zufrieden ein riesiger Vollmond.

MORGEN

Noch ist unsere Geschichte nicht am Ende, geschätzte Leser und Leserinnen.
Die Sonne erhob sich wieder am Horizont, tauchte schon früh alles in gleißendes Licht und beschien erbarmungslos die fünf verdreckten und ramponierten Glaubensschwestern. Beklommen erhoben sie sich, und Herr Ludwig zeigte ihnen den Weg zur Waschanlage. So einigermaßen wieder in Form gebracht und vor allem sauber, kehrten sie zurück.
Der Meister und Herr Ludwig hatten inzwischen das Frühstück bereitet, es war einfach, aber kräftig. Noch nie hatten den Damen Kaffee, Brot, Eier, Butter und Marmelade so geschmeckt, sogar Roma reckte und streckte sich, rief: „Ich will es wagen! Den ersten Tag ziehe ich mit. Glücklicherweise waren meine Sportschuhe im Trolly.“ Aus diesem zog sie die goldenen Schuhe und warf den letzten Pumps in den Abfalleimer. Auch die andern waren willens mitzuziehen.

Und wer stand da am Gatter? Sarah Rosenberg und Fatima Öztürk mit Esspaketen, Wasserflaschen, und Sarah hatte ein Sortiment Sportschuhe dabei. Fatima verteilte Kopftücher gegen die Hitze, und mit Hupen fuhr Rafaels verbeulter Kleinbus vor. Er wollte die Schafsherde begleiten, hinterher und voraus fahren, wenn eine müde würde, könnte sie bei ihm mitfahren. Stimmung kam auf, ja, richtig gute Stimmung, man glaubt es kaum, nach diesem nächtlichen Untergang.
Der Meister hob schweigend seinen Stab, schritt an die Spitze seiner Herde, die Fünf verteilten sich, der Hund raste bellend los, und den Abschluss bildete Herr Ludwig mit Daisy. Einmal drehten sie sich noch um und sahen, wie Sarah und Fatima ihnen zuwinkten. So zogen sie hinaus in die Welt, auf neue Weidegründe, und so entschwinden sie langsam unseren Blicken.

Was daraus geworden ist? Nun, lieber Leser, liebe Leserin, schauen Sie mal bei Gelegenheit im Petersdom, in der Dresdner Frauenkirche, in der Genfer

Kathedrale, der Moskauer Erlöserkirche und in den Gospel-Foren vorbei – dann werden Sie eine Antwort bekommen.

Aber: Vielleicht war die ganze Geschichte nur ein verrückter Schafstraum, geträumt von einem Schaf, das zu viel Schierling gefressen hatte........ auch eine Möglichkeit.

ENDE

Printed by Books on Demand GmbH, Norderstedt / Germany